OS ARTEIROS MÁGICOS
A SEGUNDA HISTÓRIA

A segunda história

Neil Patrick Harris
& Alec Azam

ILUSTRAÇÕES DA HISTÓRIA POR LISSY MARLIN
ILUSTRAÇÕES DE COMO FAZER MÁGICA POR KYLE HILTON

TRADUÇÃO
GUILHERME MIRANDA

TÍTULO ORIGINAL *The Magic Misfits: the second story*
Texto e ilustrações © 2018 by Neil Patrick Harris.
Capa © 2018 by Hachette Book Group, Inc.
Arte de capa © 2018 by Neil Patrick Harris.
Todos os direitos reservados.
© 2019 VR Editora S.A.

Plataforma21 é o selo jovem da VR Editora.

DIREÇÃO EDITORIAL Marco Garcia
EDIÇÃO Thaíse Costa Macêdo
EDITORA-ASSISTENTE Natália Chagas Máximo
PREPARAÇÃO Flávia Yacubian
REVISÃO Ana Luiza Candido e Ana Lima Cecilio
DIAGRAMAÇÃO Pamella Destefi e Juliana Pellegrini
ARTE DE CAPA Lissy Marlin
DESIGN DE CAPA Karina Granda

Dados Internacionais de Catalogação na Publicação (CIP)
(Câmara Brasileira do Livro, SP, Brasil)

Harris, Neil Patrick
Os arteiros mágicos: a segunda história / Neil Patrick Harris;
ilustrações da história por Lissy Marlin; ilustrações de como
fazer mágica por Kyle Hilton; tradução Guilherme Miranda.
– São Paulo: Plataforma21, 2019. – (Arteiros Mágicos; 2)

Título original: The Magic Misfits: the second story
ISBN 978-65-5008-004-4

1. Literatura infantojuvenil 2. Truques de mágica -
Literatura infantojuvenil I. Azam, Alec. II. Marlin, Lissy.
III. Hilton, Kyle. IV. Título. V. Série.

19-26549   CDD-028.5

Índices para catálogo sistemático:
1. Literatura infantojuvenil 028.5
2. Literatura juvenil 028.5

Cibele Maria Dias - Bibliotecária - CRB-8/9427

Todos os direitos desta edição reservados à
VR EDITORA S.A.
Rua Cel. Lisboa, 989 | Vila Mariana
CEP 04020-041 | São Paulo | SP
Tel.| Fax: (+55 11) 4612-2866
plataforma21.com.br | plataforma21@vreditoras.com.br

*Para Harper e Gideon,
porque ele foi listado primeiro
no livro anterior e ela não
ficou nada contente com isso.*

SUMÁRIO

UM — o primeiro, pela segunda vez. Porque este é o segundo livro. 1

DOIS — o segundo capítulo. 13

TRÊS — o primeiro depois do segundo. 16

QUATRO — vem depois do terceiro. 26

CINCO — são quantos dedos tenho na mão direita. Não que isso venha muito ao caso. 43

SEIS — se você multiplicar o segundo capítulo pelo terceiro, este é o resultado. 50

SETE — este vem depois daquele último. 58

OITO — este vem antes do próximo. 66

NOVE — alguém ainda está lendo isto?. 82

DEZ — são quantos dedos eu tenho nas duas mãos! De novo, não muito relevante. 93

ONZE — ou 2 em numerais romanos, mas isso pode confundir. 105

DOZE — é a quantidade de membros da realeza num baralho. 112

TREZE — número de cartas em um naipe. 124

CATORZE — isto parece excessivo. 126

QUINZE — por que não chama cinze? Sempre me perguntei isso. 132

DEZESSEIS — sério, você ainda está lendo?. 146

DEZESSETE — só tem "e" em dezessete...... 153

DEZOITO — parece um oito que se desfez...... 163

DEZENOVE — imagina se tivesse oitenta capítulos?...... 169

VINTE — seria uns cinquenta capítulos a mais que o necessário...... 176

VINTE E UM — este sim é um capítulo maior de idade...... 183

VINTE E DOIS — um número tão bonito, que colocaram dois no título...... 192

VINTE E TRÊS — nossa, tinha tantos capítulos assim da última vez?...... 206

VINTE E QUATRO — está parecendo um exagero...... 217

VINTE E CINCO — aaaarghhhhh...... 226

VINTE E SEIS — ah, espera — esse é legal. Vinte e seis é o número de cartas vermelhas em um baralho. Então esse é legal...... 232

VINTE E SETE — ou vinte e sete, se contar o coringa...... 242

VINTE E OITO — espera, o coringa é vermelho?...... 259

VINTE E NOVE — dei uma pesquisada — às vezes é...... 267

TRINTA! — o último capítulo! Consegui. Ufa. Agora vira essa página logo de uma vez!...... 272

BEM-VINDO DE VOLTA!

Sim, *você*... você aí do cabelo bonito com este livro nas mãos!

Com quem mais eu estaria falando?

Você voltou! É ótimo vê-lo aqui de novo! Faz tanto tempo. Se conheço bem você, aposto que está procurando um escape do cotidiano e procurando mais aventura, mais enigmas, mais *eme-a-gê-i-a*. Bom, não precisa mais procurar. Tenho uma história para contar... Ô se tenho!

Espero que se lembre de tudo que conversamos no último livro. Vai ficar mais fácil mergulhar de cabeça...

Precisa de uma recapitulação? Sem problema!

Vamos começar com nosso elenco encantador. Lembra o menino dos dedos ágeis? O órfão, **Carter Locke**, era um mágico com truques de cartas capaz de fazer as coisas desaparecerem — e reaparecerem também!

Embora, na realidade, ele só tenha começado a acreditar em mágica de verdade quando embarcou em um trem para a cidade de Mineral Wells, onde prodígios aconteciam a cada esquina — nas tendas movimentadas do parque de diversões e também no auditório magnífico nas colinas do Resort do Carvalho Grandioso.

Sua amiga **Leila Vernon** era a jovem e extraordinária artista de fuga com um brilho nos olhos, que se safava de algemas e camisas de força com uma facilidade... Parecia brincar com elas desde o berço! Claro, isso não tinha nada a ver com suas gazuas da sorte, dadas por seus pais, com quem morava em cima de uma certa loja de mágica na Rua Principal.

Não vamos nos esquecer de **Theo Stein-Meyer**, o violinista multitalentoso que conseguia fazer objetos

OS ARTEIROS MÁGICOS: A SEGUNDA HISTÓRIA

levitarem usando o arco do violino. Sim, a música pode ser relaxante para a alma, e para o coração também, ainda mais quando o assunto é mágica. Theo raramente mostrava seu rosto elegante e pensativo em Mineral Wells sem que estivesse vestindo um de seus famosos smokings prediletos.

Havia também nossa esquentadinha **Ridley Larsen**, cujo cabelo ruivo de cientista maluca a fazia parecer tão durona quanto fingia ser. Ela conseguia transformar um objeto em outro e depois o transformar de volta antes que você pudesse dizer "*Abracadabra!*". Ridley tinha um caderno escondido em um compartimento no braço de sua cadeira de rodas para decifrar enigmas e inventar códigos secretos para compartilhar com seus amigos. Se for bonzinho, talvez um dia Ridley os compartilhe com você também. (Talvez ela até já tenha compartilhado.)

E por último (mas não menos importante!) vêm os engraçadíssimos **Izzy** e **Olly**, os gêmeos Golden, comediantes que se apresentavam no Resort do Carvalho

Grandioso. Esses dois faziam um número e tanto, literal e figurativamente. Se você quisesse rir, era deles que precisava.

Em nossa história anterior, não muito tempo atrás — *ou será uma eternidade atrás? Não lembro —*, Carter, Leila, Theo, Ridley, Olly e Izzy usaram suas habilidades mágicas de palco para deter uma onda de furtos e impedir o roubo do maior diamante do mundo. Trabalhando em conjunto, essas seis crianças se uniram enquanto lutavam contra o bárbaro B. B. Bosso e, assim, formaram um clube de mágica muito especial chamado *Os Arteiros Mágicos*.

Está se lembrando agora?

Ótimo!

Agora, mais um lembrete...

COMO
Ler este livro!

O volume que você tem em mãos conta o capítulo seguinte da saga de nossos mágicos arteiros. Assim como o livro anterior, este também é cheio de aulas de mágica – aulas que você pode praticar no seu quarto, no quintal ou no pátio da escola.

Se ler o livro inteiro, tanto a história como as lições, vai ganhar algumas habilidades, as quais pode usar para deixar seus amigos rindo e rindo e rindo de surpresa e admiração. Pode até haver palmas e gargalhadas. Afinal, não é essa a intenção? Fazer seus amigos sorrirem e lhes dar uma *fuga* da banalidade do cotidiano?

Mais uma vez, eu devo pedir que você guarde segredo sobre as aulas de mágica. Em outras palavras, por favor, não saia por aí falando delas em tampas de bueiro na calada da noite. E também não explique para o público como cada truque funciona nem antes nem depois de apresentá-lo. Isso acaba com a ilusão, e é provável que você não receba o mesmo tipo de aplauso. E, claro, evite contar sobre as aulas para algum fofoqueiro da escola. Nunca se sabe quando um mágico rival pode aparecer e estragar seu trabalho duro. Os mágicos rivais são sempre muito ardilosos.

Se sentir a necessidade de compartilhar essas aulas, lembre-se de fazer com um grupo de melhores amigos que prometam guardar seus segredos – um clube de mágicos, se assim preferir, como Os Arteiros Mágicos só de vocês. Afinal, organizações secretas são muito divertidas. Quem não gostaria de fazer parte de um clube?

Uma das coisas mais divertidas a fazer com outros fãs de mágica é montar um espetáculo. Tenha isso em mente enquanto aprende as aulas destas páginas. Como você montaria seu palco para impressionar o público? Usaria uma grande cortina vermelha? Ou começaria na escuridão absoluta para aumentar o ar de mistério e tensão? Um dos seus amigos faria o papel de apresentador? Ou seu clube de mágica começaria o espetáculo em silêncio?

Essas perguntas são úteis não apenas quando se monta um espetáculo, mas também quando se conta uma história como a que estou prestes a começar. Particularmente, acho que uma mistura dos seguintes aspectos são os mais eficazes: cortinas, alçapões, sombras, espelhos, músicas, efeitos sonoros, narração e névoa. Sem falar na euforia antes de uma nova jornada.

Está preparado para descobrir quais desses elementos escolhi para começar nosso espetáculo?

Quero dizer, *história*?

Bom, então é só virar a página!

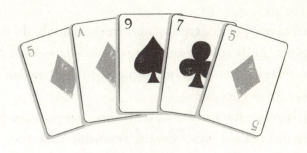

UM

Leila Vernon nem sempre morou em Mineral Wells. Na verdade, o nome dela nem sempre foi Leila Vernon. Quando morava no Abrigo para Crianças de Madre Margaret, o sobrenome de Leila era *Fulana*.

Fulana não era um sobrenome que ela havia ganhado da família — *Fulana* era o sobrenome de Leila porque ninguém sabia quem era a família dela. Quando madre Margaret a encontrou, um bilhete na sua cestinha só dizia o primeiro nome e a data de nascimento. Leila nunca se deixou abalar por isso. Pelo contrário, esforçava-se mais do que as outras crianças para manter uma atitude positiva, mesmo quando a tratavam como se valesse menos que uma moeda de madeira.

Foi por isso que, certa tarde, quando algumas meninas do Abrigo de Madre Margaret estavam arrastando

Leila Fulana pelo corredor na direção da sala de madre Margaret, Leila soltou uma gargalhada alta e exaltada.

— Há-há-há! — gritou enquanto beliscavam seus braços. — Faz cócegas!

Ela não estava *realmente* sentindo cócegas com o que as meninas maldosas estavam fazendo, mas imaginou que talvez um adulto escutasse seus gritos altos e interviesse. E não precisava ser vidente para saber o que as meninas estavam tramando, pois a trancavam no armário mais escuro de todo o orfanato pelo menos uma vez por semana. Tudo porque a mais alta do bando havia decidido em certo momento que não gostava do sorriso e do bom humor constantes de Leila.

A menina alta queria que Leila fosse tão infeliz quanto ela. Por isso, ela e suas amigas se dedicavam a atormentar a colega sempre que tinham uma chance. Leila se esforçava ao máximo para não demonstrar o quanto a estavam machucando, especialmente nessa tarde em particular, quando um grupo de *mágicos de verdade* da cidade de Mineral Wells iria se apresentar para todas as crianças. Leila tinha passado semanas ansiosa por esse espetáculo.

— Poxa, gente! — Leila disse, fingindo um sorriso. — Vamos todas para a sala de recreação. Todo mundo está esperando por nós. Talvez tenha até biscoitos!

A única resposta que recebeu foi um eco distorcido da última frase.

— *Talvez tenha até biscoitos* — a menina alta repetiu com sarcasmo.

As outras riram cruelmente.

Enquanto o grupo arrastava Leila na direção da sala de madre Margaret, ela cravou os calcanhares no linóleo. Mas, juntas, as meninas eram fortes demais. As solas dos sapatos deixaram riscos pretos no piso de ladrilhos cinza. A menina mais alta escancarou a porta do escritório, e as outras puxaram Leila pela sala na direção da velha porta do armário. Elas a jogaram dentro e fecharam a porta, abafando a visão no escuro. Leila ouviu a fechadura da porta do outro lado.

— Certo, acabou a brincadeira, me deixem sair! — Leila implorou, batendo na porta. — Vocês não querem ver os mágicos?

— É claro que queremos! — gritou uma das meninas do outro lado da porta grossa. — É para lá que *nós* estamos indo agora.

— Venha com a gente... se conseguir! — gritou outra.

Risos ecoaram como os gritos dos corvos que grasnavam no playground lá fora. Os passos foram ficando mais baixos enquanto saíam às pressas.

Leila sabia o que aconteceria quando tentasse abrir a maçaneta, mas — sempre esperançosa — tentou mesmo assim.

Estava trancada. Leila estava sozinha. De novo.

Ela virou a cabeça de um lado para o outro, mas a escuridão era tão absoluta que seus olhos não notaram qualquer movimento. Seu coração batia forte como sempre acontecia quando o bando de meninas a enfiava ali dentro. O cheiro ácido das paredes úmidas de madeira fazia seu nariz arder.

Antigamente, demorava uma hora ou mais para algum adulto encontrar Leila encolhida no canto do armário. E, sempre que a encontravam, ela levava bronca como se tivesse se trancado sozinha no armário da diretora.

Para se acalmar, ela se imaginou como uma linda menina que fazia parte do espetáculo de mágica no andar de baixo: trancada de propósito dentro de um armário no palco, depois surpreendendo o público ao desaparecer

OS ARTEIROS MÁGICOS: A SEGUNDA HISTÓRIA

sem deixar vestígio, com um clarão e um estrondo e um *passe de mágica!*

A frustração apertava seu corpo. O espetáculo de mágica era a única coisa pela qual havia ficado ansiosa nos últimos tempos. Ela queria ver pombas brancas saírem voando dos paletós dos mágicos, buquês de flores aparecerem do nada, cartas flutuando para fora do baralho...

Leila decidiu que *não* deixaria aquelas meninas estragarem isso para ela. Pela primeira vez, ela as enfrentaria, as enfrentaria *de verdade*. Mas, para isso, tinha de encontrar um jeito de escapar.

Leila apalpou na escuridão, apertando o buraco da fechadura com o dedo. Talvez houvesse um jeito de destrancar pelo lado de dentro. Ela nunca havia arrombado uma fechadura antes, mas tinha lido sobre heróis fazendo isso nas histórias. Primeiro, precisaria de algumas ferramentas. Ela tirou o grampo que prendia seu cabelo e o enfiou no buraco da fechadura. Girou-o de um lado para o outro. Dentro da fechadura, o grampo encostou nos ferrolhos. Ela os ouviu tilintar. Mas, sem outro grampo, não conseguiria pegá-los e girar o mecanismo da trava.

Ela não tinha outro. Mas estava dentro do armário do *escritório* de madre Margaret. Passando os dedos no piso, seu coração bateu mais forte quando encontrou um único clipe de papel. A sorte estava ao seu lado!

Ela desentortou o clipe. Enfiou a ponta no buraco da fechadura e remexeu, fazendo tensão na haste, vendo

★ 5 ★

até onde ela cederia. Os grampos encostaram nos ferrolhos, mas continuaram deslizando.

Aplausos abafados soaram do andar de baixo. O espetáculo já tinha começado.

— Não, não, não! — Leila sussurrou consigo mesma.

Em sua mente, imaginou a multidão de mágicos no palco, tirando coelhos das cartolas, transformando bolinhas de gude em pérolas, levitando cadeiras, girando mantos pretos de seda por sobre os ombros. Ela estava confiando que teria memórias mágicas para sobreviver aos próximos meses com um sorriso no rosto.

Quanto mais se apressava, mais difícil ficava manipular o grampo e o clipe no buraco da fechadura. Minutos se passaram... talvez nunca conseguisse escapar. Ficou com medo de que o espetáculo acabasse antes de conseguir sair. Leila estava prestes a largar as ferramentas por conta da frustração quando ouviu um *clique* distinto, e a porta se abriu em uma fresta. Ela sapateou entusiasmada numa dancinha de comemoração.

No alto da escada, uma voz ecoou do andar de baixo.

— E agora, para nosso último ato...

O som das palmas aumentava enquanto Leila descia correndo metade do caminho, quando parou. Na sala de recreação, várias fileiras de cadeiras tinham sido dispostas em volta de uma plataforma, sobre a qual estava sentado um homem elegante de terno preto e cartola alta. Uma capa preta pendia de seus ombros e, quando ele moveu

OS ARTEIROS MÁGICOS: A SEGUNDA HISTÓRIA

os braços, um revestimento de seda vermelho cintilou na direção dela. O cabelo do homem era completamente branco e cacheado, embora um bigode inteiramente preto se curvasse sobre os lábios. Leila se sentou no meio da escada e assistiu ao homem de cabelos brancos encaracolados através dos balaústres velhos de madeira.

Você já deve saber quem era o homem de cachos brancos... mas Leila ainda não. Esse foi o momento em que ela viu o sr. Vernon pela primeira vez, e essa visão a deixou sem fôlego. Lembra quando Carter encontrou o sr. Vernon pela primeira vez? Foi na noite em que Carter chegou a Mineral Wells. Ele desceu do pátio ferroviário para se esconder entre as multidões no circo de Bosso. Os talentos prodigiosos do sr. Vernon — rodando duas moedas em volta dos dedos — deixaram Carter impressionado.

Agora, enquanto via os dois assistentes desse mesmo homem amarrá-lo a uma cadeira de metal, Leila sentiu algo ainda mais profundo do que Carter viria a sentir. Ela teve certeza de que havia escapado do armário no andar de cima para que o destino lhe permitisse ver aquele homem.

Os rostos dos assistentes de palco estavam cobertos por tecidos elásticos pretos e finos. Primeiro, algemaram os punhos do homem aos pés da cadeira. Em seguida, envolveram uma corrente comprida em volta de seu tronco e do encosto da cadeira para que os braços dele ficassem imobilizados ao lado do corpo. As órfãs na plateia davam gritinhos quando os assistentes prenderam um cadeado

★ 7 ★

grosso nas pontas da corrente, que ficou pendendo no centro de seu peito. Quando prenderam um pano sobre a cabeça do homem, algumas das crianças gritaram de pavor.

Madre Margaret se levantou, acenando com os braços.

— O sr. Vernon é um profissional! Não tenham medo!

A voz do homem veio de baixo do capuz.

— Tenham medo, *sim!* — ele corrigiu. — Pois, se eu não tiver me libertado em apenas um minuto, ficarei sem oxigênio.

Madre Margaret pareceu acanhada ao se sentar, como se pensasse que tinha cometido um erro ao convidar esse homem que poderia morrer na frente das pupilas.

Leila se segurou nos balaústres, espiando através deles como se fossem grades de uma gaiola. Os dois assistentes ergueram um grande lençol branco antes de estendê-lo sobre o corpo do sr. Vernon. O tecido o cobriu dos pés à cabeça. Um dos assistentes trouxe uma grande ampulheta, depois a pousou no chão para que todas pudessem ver a areia escorrendo por ela, segundo por segundo.

Leila segurou a respiração. A figura sob o lençol se contorceu e se debateu. O tinido das correntes entrelaçadas ecoou pelo salão. Ela se lembrou de si mesma presa no armário do andar de cima minutos antes.

Enquanto os últimos grãos desciam para a parte de baixo da ampulheta, as crianças entoaram:

— *Cinco! Quatro! Três! Dois! Um!*

A figura embaixo do pano ficou imóvel. Segundos se

OS ARTEIROS MÁGICOS: A SEGUNDA HISTÓRIA

passaram. O público se levantou, um de cada vez, boquiaberto, sem saber se tudo aquilo fazia parte do espetáculo.

Leila gritou:

— Tirem o capuz! Alguém o socorra!

Frenéticos, os dois assistentes correram de volta ao palco. Tiraram o lençol, estenderam-no na frente do homem sentado e espiaram cautelosos atrás. Virando-se para o público, abanaram a cabeça mascarada, como se disessem: *É tarde demais!* As órfãs foram à loucura, algumas gritando, quando os assistentes soltaram o lençol no chão.

A cadeira do sr. Vernon estava vazia!

O salão irrompeu em exclamações de surpresa até um dos assistentes se virar para a plateia e tirar a máscara. Assim que os cachos completamente brancos saíram de baixo do capuz, Leila soube que todos haviam sido iludidos. O mágico tinha *sim* escapado — e da forma mais imprevisível de todas. A plateia gritou como se tivessem acabado de anunciar que todas as órfãs seriam adotadas naquele dia.

O homem de cachos brancos andou até a beira do palco, sorriu, depois fez uma longa reverência. Leila estava tão chocada que quase escorregou da escada. Mas, em vez disso, ficou em pé e aplaudiu mais forte e por mais tempo do que todas as outras.

Quando os aplausos terminaram, Leila abriu caminho pela multidão, acotovelando a menina alta e suas capangas, para abordar o homem.

— Como o senhor fez aquilo, sr. Vernon?

★ 9 ★

Os olhos dele se iluminaram ao ver o rosto dela. Ele parou, como se perdido em um transe, depois respondeu baixo:

— Aposto que sabe exatamente por que *não* posso contar.

Leila pensou seriamente.

— Um mágico nunca revela seus segredos?

O homem riu baixo. Deu uma pancadinha de leve na testa dela.

— Um pouco vidente, é?

— Até onde eu sei, não — disse Leila, esfregando onde ele havia tocado. Ela sentiu as outras órfãs empurrando-a por trás. Tentou não pensar nelas. — O senhor estava mesmo em perigo?

— Ah, mas eu *sempre* estou em perigo — ele falou com uma piscadela.

Leila riu.

— Quero aprender a escapar como o senhor.

— Entendo. — Ele estreitou os olhos. — Bom, leva anos de prática. Você estaria disposta?

— Ah, sim! Praticaria *todos* os minutos de *todos* os dias para ser como o senhor!

— Bom, entusiasmo raras vezes é algo ruim — ele disse, considerando. — Como se chama, minha cara?

— *Leila* — ela respondeu baixo.

— Leila — ele repetiu. — Que nome bonito! E há quanto tempo mora aqui com a madre Margaret?

— Desde que me entendo por gente.

OS ARTEIROS MÁGICOS: A SEGUNDA HISTÓRIA

Ele ficou em silêncio por um momento.

— Gostaria de voltar para ver você de novo, Leila. Pode ser?

O rosto de Leila corou.

— Seria *ótimo*! — ela exclamou. — *Talvez* o senhor possa me ensinar um truque ou dois?

— Talvez... — Ele sorriu novamente, o canto dos olhos se enrugando de bom humor. Com as duas mãos, ele apertou os dedos uns nos outros. Ao separar as mãos, Leila notou que ele segurava uma corda branca macia entre elas. Ele soltou uma ponta e baixou a corda devagar para a mão estendida dela. — Para você. Veja o que consegue fazer com isso. Que tal aprender diferentes tipos de nós? Eles podem ser úteis em muitas situações.

O rosto de Leila ficou um tom mais escuro de rosa. Ela queria lançar os braços em volta do pescoço dele e agradecer, mas não queria que ele a achasse esquisita.

Nesse momento, as outras órfãs avançaram em conjunto, pedindo o autógrafo do sr. Vernon e empurrando Leila para trás. Ela não se importou. Ele voltaria para vê-la de novo. Ensinaria um truque para ela. Talvez.

Ela estaria preparada. Teria alguns nós para mostrar a ele em retribuição.

Mais tarde, no quarto que dividia com outras cinco órfãs, Leila tirou uma caixinha de metal de um esconderijo atrás de um tijolo na parede ao lado da cama. Ela abriu a tampa, revelando algumas chaves soltas cintilantes.

★ II ★

Uma dessas chaves era muito especial para ela. Veja bem, quando deixaram Leila ainda bebê na porta do Abrigo de Madre Margaret, ela estava enroladinha numa coberta e tinha um cordão no pescoço, com uma chave amarrada como um pingente. Claro, Leila não se lembrava de nada; sabia a história apenas porque madre Margaret havia contado. Foi a primeira chave que tinha feito Leila começar a procurar por chaves reservas ou por aquelas que pareciam perdidas. Ela sonhava em um dia ter uma coleção interessante de todas as formas e tamanhos.

Olhando para suas chaves, Leila pensou no espetáculo de mágica e em como o sr. Vernon tinha conseguido escapar daquelas correntes impossíveis. Pela primeira vez, sentiu que havia destrancado algo dentro dela: um desejo de fugir. Fugir *de verdade*.

Quando o homem de cachos brancos voltou no fim da mesma semana com seu marido, oferecendo-se para adotá-la, seu desejo se concretizou — como em um passe de mágica.

DOIS

Certa noite, anos depois, no apartamento em cima da Loja Mágica de Vernon, Leila Vernon se esticou em cima de sua cama grande, sem sono. Pensamentos sobre armários escuros brotavam em sua cabeça toda vez que fechava os olhos. Uma manta de retalhos fina cobria o corpo esguio, mal a protegendo do ar frio que entrava pela janela do quarto.

A janela dava para a Rua Principal e para o parque verdejante que se estendia por ambas as direções. A luz laranja dos postes balançava nas paredes e no teto conforme as sombras de galhos folhosos dançavam com a música baixa de grilos e rãs arborícolas coaxantes que chamavam uns aos outros nas colinas em volta da cidade de Mineral Wells.

Antes de dormir, os dois pais de Leila a haviam coberto e lhe dado um beijo de boa-noite, desejando--lhe bons sonhos. Mas ela sabia que nenhum desejo poderia protegê-la das lembranças de sua vida anterior. A madrugada era a hora que elas costumavam visitá-la. Às vezes, as memórias eram hóspedes indesejados que ficavam muito depois de receber indiretas de que era hora de partir. Às vezes, elas tentavam invadir, como gatunos grosseiros que não faziam ideia de como passar discretamente por uma porta trancada. E, às vezes, as memórias entravam como fumaça de enxofre pelas fendas nas paredes, ameaçando engasgar e sufocar Leila, ardendo em seus grandes olhos castanhos.

Quando as outras memórias se tornavam insuportáveis, Leila se lembrava de sua adoção pelo casal Vernon. Ela guardava essa memória em sua mão, como se a pudesse guiar de volta à segurança. Às vezes, dava certo. Mas, às vezes, era difícil demais ver no escuro desses armários trancados.

Especialmente depois de tudo que havia acontecido com B. B. Bosso e seu circo de ladrões algumas semanas antes...

Leila piscou para o teto, sentindo-se ao mesmo tempo abençoada e amaldiçoada — feliz por ter essa casa e essa família, mas irritada pelo passado continuar batendo em sua porta. *Não vou conseguir*, pensou. Ela tirou a manta com tudo, depois correu até a estante, onde havia guardado sua caixa de metal secreta.

OS ARTEIROS MÁGICOS: A SEGUNDA HISTÓRIA

A caixa chacoalhou ruidosa. Leila a segurou junto ao peito para silenciá-la. O quarto ao lado era de seu primo recém-descoberto, Carter. Ela não queria que o barulho o despertasse.

Leila levantou a tampa e ficou olhando para a coleção de chaves, que havia crescido significativamente desde que havia se mudado para Mineral Wells. Mas sua primeira chave, aquela amarrada à correntinha, aquela que estava com ela na noite em que madre Margaret a havia encontrado às portas do orfanato, estava em cima. Leila ergueu a corrente e deixou a chave balançar de um lado para o outro como um pêndulo de hipnose.

Ela pensou em Bosso e Carter e nos outros arteiros. Sabia que o primo também deveria sofrer pelas lembranças de sua vida antiga. Leila se perguntou se Carter pensava em seus pais desaparecidos, assim como ela às vezes se perguntava por que os dela a haviam abandonado em uma noite fria e escura. Outras vezes, ela ficava feliz em não pensar neles. Apertou a mão em volta da chave fria, como se tentasse fazer um molde em sua pele, um que pudesse usar para criar uma cópia. Seu corpo aqueceu a chave, e a chave aqueceu seu corpo e acalmou sua mente.

Do outro lado da porta, surgiu o barulho de uma agitação: cadeira raspando o chão de repente, pilha de livros tombando de uma prateleira, objetos caindo no chão. Então veio um grito súbito e apavorado.

★ 15 ★

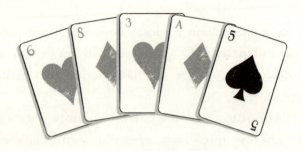

TRÊS

Leila correu na escuridão do corredor, onde foi atacada no mesmo instante por pequenos objetos pontiagudos voando em sua direção, bicando como aves furiosas. Com um grito agudo, ela levou a mão ao interruptor mais próximo. O corredor se encheu de uma luz suave.

Carter estava agachado na porta do quarto dele, atirando cartas de baralho na direção de Leila. (E não aves furiosas, felizmente!) Ela se defendeu com as mãos.

— Carter, sou eu!

Ele parou no mesmo instante.

— Ah, nossa, desculpa!

O cabelo loiro dele estava uma bagunça, suas bochechas vermelhas com marcas de lençóis amarrotados. Ele também deve ter acordado por causa da barulheira.

OS ARTEIROS MÁGICOS: A SEGUNDA HISTÓRIA

Claro, tinha saído do quarto preparado com sua arma predileta — um baralho. Ele perguntou:

— Você está bem?

Leila fez que sim.

— Também ouviu o barulho e o grito?

Antes que ele tivesse a chance de responder, houve outro estrondo. O alvoroço veio de trás da porta do escritório do sr. Vernon. Era como se o homem estivesse trombando nos móveis e derrubando coisas no chão.

Leila e Carter bateram na porta. Do lado de dentro, o pai dela soltou um grunhido abafado. Carter tentou a maçaneta, mas estava trancada. Leila tirou as gazuas da sorte do bolso da camisola. Com alguns movimentos rápidos, Leila fez sua mágica, e a porta se abriu para dentro.

Dante Vernon estava no canto, os cachos brancos desgrenhados, os olhos escuros arregalados como as bolas de cristal que ele vendia na loja de mágica no andar de baixo. Seu peito arfava como se tivesse acabado de correr em volta do quarteirão.

— Ah, ótimo — ele disse com um sorriso repentino. — Ao menos agora sei que não estou sonhando. Por favor, fechem a porta. Não podemos deixar que *aquilo* saia do escritório com meu livro.

Apesar da confusão, Leila obedeceu.

— *Aquilo?* — perguntou Carter. — Do que você está falando?

O sr. Vernon apontou para debaixo da mesa. Algo

★ 17 ★

nas sombras soltou um guincho horripilante. Leila e Carter tiveram um sobressalto.

— Eu estava escrevendo em meu caderno quando peguei no sono. Acordei quando alguma coisa tirou o livro de baixo da minha mão — Vernon explicou. — A criatura entrou sorrateiramente pela janela, que já fechei e tranquei. É de importância vital que peguemos meu livro de volta. Estamos entendidos?

Leila e Carter fizeram que sim.

— Carter, jogue para mim a corda que está mesa ao seu lado — Vernon instruiu. Carter lançou a corda branca, e Vernon a pegou habilmente com a mão. — Agora, Leila, ao meu sinal, empurre a cadeira, está bem? No três.

Leila fez que sim embora não estivesse nem de perto tão preparada quanto gostaria. Mas era isso que significava ser uma Vernon e membra dos Arteiros Mágicos. Você confiava em seus amigos e em sua família... mesmo quando pediam para ajudar a capturar uma criatura misteriosa que havia entrado no escritório no meio da noite.

— Um...

Leila se aproximou da cadeira.

— Dois...

Algo grunhiu embaixo da mesa. Leila sentiu o coração subir pela garganta.

— *Três!*

Leila puxou a cadeira enquanto Vernon mergulhava embaixo da mesa. Uma criatura indistinta de pelo aloirado correu por cima das costas dele em direção à parede, e saltou nas sombras atrás de um vaso grande de planta.

— O que é *aquilo*? — Carter exclamou, mais curioso que assustado.

Leila se inclinou para a frente. A silhueta da criatura tinha cerca de uns trinta centímetros e parecia um *gremlin*.

O sr. Vernon se levantou, tirando o cabelo da frente do rosto. Torceu o punho e a corda macia ficou rígida, um laço se formando na ponta.

— Crianças, agora para trás. Deixem que eu cuido disso.

— Espere, pai. — A voz de Leila estremeceu.

Ela pegou o abajur caído do chão e apontou a lâmpada para as sombras.

Nesse instante, conseguiu ver com clareza. A criatura ergueu os olhos amedrontados para eles: um bichinho de rabo longo e esguio e uma coleira preta com espinhos no pescoço. *Ele* gritou de novo. Era um macaco.

Amigos, aposto que estão pensando que, caso um dia estejam nessa situação, se jogariam no chão, abririam os braços e diriam: "Me dá um abraço, coisa *foooooofa*!". Garanto a vocês, ladrões símios no meio da noite não são *nem de perto* tão adoráveis quanto gostaríamos que fossem.

— É o macaco de Bosso — disse Carter, com a voz trêmula. — Tenho ce-certeza.

Vernon levou o dedo aos lábios, tentando não assustar o macaco, que rosnava e tomava impulso como se estivesse se preparando para pular em cima deles. Foi então que Carter estalou os dedos, revelando um biscoito amanteigado na outra mão.

Carter estava fazendo um truque simples chamado *empalmar*. Todo bom mágico já praticou empalmar. Você já? É uma forma de *despiste* em que o mágico esconde um objeto cobrindo-o com a palma da mão. Em seguida, revela o objeto com a outra para criar uma distração. Nesse caso, Carter estalou os dedos para chamar a atenção do macaco, depois lhe mostrou o biscoito.

Leila notou que, depois de anos praticamente sem lar, Carter sempre parecia ter um estoque de objetos nos bolsos. O que era útil em determinadas situações.

O rosnado do macaco ficou mais baixo quando viu a guloseima, Carter estalou os dedos de novo e um biscoito se transformou em dois. O macaco soltou um murmúrio enquanto se aproximava o suficiente para estender a mão e pegar os biscoitos. Enfiou os dois na boca, mastigou e engoliu. Seus olhos brilharam de satisfação.

Leila riu. O animal não era tão assustador afinal. Ela foi se aproximando do macaquinho, chegando pelo outro

OS ARTEIROS MÁGICOS: A SEGUNDA HISTÓRIA

lado enquanto Carter estalava os dedos e revelava mais um biscoito. Ele deixou o macaco pegar esse também. Revelou um quarto biscoito. O macaco estava tão hipnotizado pelas guloseimas que só foi notar Leila quando ela tirou o caderno de suas mãos e o jogou para o pai, que o enfiou no bolso grande do roupão. O macaco virou a cabeça de um lado para o outro, dividido. Olhou do livro para a mão de Carter, cheia de biscoitos. Finalmente, o macaco cedeu a seus instintos e escolheu os biscoitos. (E quem não escolheria, não é mesmo? Biscoitos são deliciosos.)

Carter foi deixando um biscoito após o outro no chão, fazendo uma trilha na direção do sr. Vernon, que esperava com sua corda mágica. O pai de Leila fez sinal para ela ficar onde estava, caso precisasse apanhar o bichinho peludo. Ele foi chegando cada vez mais perto. Vernon estava prestes a enlaçar a criatura quando...

Uma batida na porta, e uma voz:

— Dante? Está tudo bem aí?

Com um grito e o som de patas riscando o chão, o macaco recuou para as sombras do outro lado do escritório.

A porta se abriu, e o *Outro sr. Vernon*, o papa de Leila, entrou. Ficou ali parado com preocupação estampada no rosto, vestindo regata branca e calças de pijama xadrez em preto e branco. Quando viu o estado do escritório, os olhos sonolentos se arregalaram.

— Feche a porta, papa! — Leila gritou.

Antes que ele o fizesse, um borrão de pelo loiro

passou correndo por seus tornozelos para o corredor. Papa soltou um grito.

— Atrás dele! — gritou o sr. Vernon.

Leila e Carter passaram correndo por seu papa estupefato para o corredor. Eles seguiram a barulheira que ecoou do quarto de Leila. Horrorizada, ela se deu conta de que a porta de seu quarto estava aberta, e a janela também.

O trio chegou ao batente da porta a tempo de ver o rabo do macaco passar pela beira da moldura da janela rumo à noite.

Leila se sentou no sofá confortável da sala de estar junto com Carter enquanto seu papa esquentava o leite no fogão da cozinha. Seu papa, que os amigos dela chamavam de Outro sr. Vernon, era o *chef* de cozinha no Resort do Carvalho Grandioso. Ele não era mágico, mas fazia magias na forma de lanchinhos noturnos.

— Quase pronto! — ele gritou.

O pai dela, o *sr. Dante Vernon* para quase todos, estava à janela da sala de visitas. Enquanto falava ao telefone, olhava para a rua escura lá fora como se esperasse que alguém viesse à procura do macaco desaparecido.

— Você acha que Bosso está de volta? — Carter sussurrou com um calafrio.

— Tomara que não — Leila respondeu.

OS ARTEIROS MÁGICOS: A SEGUNDA HISTÓRIA

— Entendi. Sim, obrigado por atender minha ligação a essa hora da noite — o sr. Vernon disse, depois desligou o telefone e entrou na sala de estar. — Pelo que os policiais me falaram, Bosso ainda está na cadeia, bem longe daqui, junto com o resto da trupe circense malévola.

— Exceto pela gangue de palhaços carrancudos. — Carter estremeceu. — Eles fugiram.

— E o macaco também, pelo visto — o sr. Vernon acrescentou. — Como acabamos de ver, aquele animal astuto *não* é fácil de capturar.

— Por que ele estava tentando roubar seu caderno, pai? — perguntou Leila.

O sr. Vernon tirou o caderno do bolso. Parecia um daqueles livros de contabilidade da loja de mágica do andar de baixo — a capa de papel-cartão tinha uma estampa marmorizada. Leila sabia que o pai possuía dezenas como aquele atrás do balcão da loja.

Vernon abriu o caderno. Página após página, nomes e preços de itens listados em colunas simples.

— Isso, minha querida filha, é um mistério. Se eu pudesse entrar na cabeça dos animais e decifrar seus pensamentos, seria um dos praticantes de mágica mais poderosos do país.

— Talvez ele não estivesse tentando roubar o caderno — disse Carter. — Se o macaco foi abandonado pelo circo e não come há dias, deve ter se perdido procurando comida. O coitado está sozinho e confuso e só precisa de um lar.

O sr. Vernon sorriu.

— Tudo é possível se você acreditar. Até lá, precisamos dormir de janelas fechadas.

— Mas não vai ficar abafado aqui dentro? — perguntou Leila.

O sr. Vernon encolheu os ombros com bom humor.

— Todos nós já enfrentamos coisas piores, não?

O Outro sr. Vernon entrou pela porta segurando uma bandeja de guloseimas: canecas fumegantes e um prato de cookies com gotas de chocolate.

— Leite com mel para meus docinhos! Bebam e depois já para a cama.

OS ARTEIROS MÁGICOS: A SEGUNDA HISTÓRIA

Enquanto o sr. Vernon fechava a janela da sala de visitas, Leila pensou ouvir um grito na calada da noite. Teria sido o macaco misterioso, com raiva deles por terem-no perseguido? Ou apenas a janela velha, rangendo no caixilho? Nesse momento, Leila não sabia em que preferiria acreditar.

Em vez de pensar nisso, deu um gole na espuma doce e cremosa da caneca que seu papa havia lhe dado, deixando que o líquido esquentasse o frio em sua barriga.

QUATRO

— Escolha uma carta, qualquer carta! — Carter ordenou, abrindo um baralho em leque.

Ridley Larsen ergueu uma sobrancelha e inclinou a cabeça com um olhar intimidador.

— Antes de começarmos a trocar números, devemos abrir oficialmente a *reunião número onze dos Arteiros Mágicos*.

— Como você quiser, chefia — Carter falou com um sorriso.

Ele dividiu o baralho em cinco montinhos menores, depois os girou em espiral um em volta do outro com um único gesto grandioso antes de virar as palmas e revelar as mãos vazias. Às vezes, Leila achava que Carter conseguiria fazer até o coreto no parque da cidade desaparecer com um pouco mais do que o giro do punho.

— Chefia? — perguntou Izzy Golden. — Vejo Ridley mais como nossa rainha.

— *Rainha* é muito genérico — disse Olly Golden. — *Imperatriz* soa melhor aos meus ouvidos.

— Seus ouvidos vão *soar* quando eu der um sopapo neles — Izzy falou, remexendo o punho no ar e o apontando para o irmão gêmeo.

— *Suar?* Nem está tão calor assim! — Olly comentou.

As férias de verão tinham começado, e a Rua Principal estava cheia de consumidores que desciam do resort e crianças saboreando a liberdade de uma tarde de sol e sem aula. Em quase todo canto, vendedores de comida distribuíam amostras de seus produtos: sorvetes, chocolates, pipocas doces, raspadinhas de frutas.

Mas os Arteiros Mágicos não tinham a menor ideia do que estava acontecendo lá fora. Com todos os seis reunidos na salinha secreta atrás da estante nos fundos da Loja Mágica de Vernon, eles estavam praticamente acotovelados sob a luz fraca. Mas nenhum deles se importava; estavam praticando o que mais gostavam: mágica.

Ridley colocou a mão dentro da manga de Carter e tirou o baralho de cartas que ele havia escondido ali.

— Ei! Não é certo! — Carter gritou. — Roubar não é legal, Ridley.

— *Roubar?* — Inexpressiva, Ridley folheou as cartas e as mostrou para o grupo. As cartas de baralho tinham, de alguma forma, se transformado em um punhado de cartões roxos, cada um marcado por pontos e riscos em tinta preta.

— Trouxe *estas* cartas de código Morse. As *suas* cartas de baralho estão exatamente onde você as deixou, Carter.

Franzindo a testa, Carter arregaçou a manga e encontrou o baralho exatamente onde ela falou. Ridley era especialista em transformações: transformar a cor da bochecha das pessoas. De fato, a pele pálida de Carter tinha ficado instantaneamente rosada.

— Muito bem! — elogiou Theo Stein-Meyer.

— Obrigada — Ridley agradeceu. — Poderia distribuir para mim, por favor?

Theo guiou o arco sobre as cartas de Morse e, uma a uma, foram flutuando para os membros dos Arteiros. A habilidade de levitação de Theo era um de seus segredos mais bem guardados. Quando ele terminou, guardou o arco mágico de volta dentro da calça do smoking.

— Imagino que todos tenham estudado durante a semana — Ridley continuou. — Quanto antes aprendermos o código, mais bem preparados estaremos para nos comunicar em segredo.

— Ah, Ridley — disse Leila —, não acho que precisemos temer outra situação como a do Bosso.

— No entanto, algumas noites atrás, o macaquinho de estimação dele tentou invadir o escritório do sr. Vernon para roubar um dos livros contábeis. — Ridley estreitou os olhos para eles. — Tem certeza de que não está inventando desculpas para se livrar da lição de casa?

— Pensei que as férias eram *sem lição de casa* — disse Izzy.

— Não, não, Izzy — disse Olly. — Você está confundindo com *sem açúcar*.

— Mas nós adoramos açúcar! — disse Izzy. — Quem odeia é a mamãe e o papai. Estranho, porque sempre me sinto *mais engraçada* depois de comer doces.

Leila sorriu do canto da parede oposta. Antigamente, ela odiava lugares pequenos, mas agora não se importava. Bloqueada pela cadeira de rodas de Ridley, traçou mentalmente um caminho de fuga passando por seus amigos, um caminho que lhe permitiria escapar da sala cheia em menos de cinco segundos. Ela vivia resolvendo enigmas dentro da cabeça, como se um dia pudesse usá-los no palco.

— Leila, pode ir primeiro? — Ridley pediu.

Leila olhou para seu cartão. O código dizia:

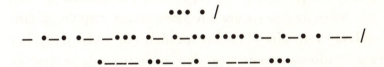

Leila fez a tradução em sua cabeça.

— *Se trabalharem juntos...*

Carter leu sua mensagem secreta.

— *E forem verdadeiros uns com os outros...*

Theo continuou:

— *Nada os impedirá.*

Depois Ridley:

— *Sozinhos, são fracos.*

Seguida por Olly e então Izzy:

— *Juntos... são...* — Eles se atrapalharam com a última palavra até Izzy concluir:

— *Juntos são... fartos?*

— Quase — disse Ridley, erguendo uma sobrancelha. — Juntos são *fortes.*

— Legal — Carter disse a Ridley. — É a mensagem da vidente do parque. Que legal que você lembrou!

Do lado de fora de sua base secreta, o sr. Vernon terminava de atender seus clientes. Depois que saíram, ele bateu na parede e chamou:

— Vocês sabem que está lindo lá fora. Tem quem ache um *crime* ficar dentro de casa num dia assim!

Leila se empertigou. A rota de fuga que ela vinha planejando ficou clara de repente. Ela se agachou, passou por baixo da cadeira em que Theo estava sentado, depois se levantou, saltando sobre a cadeira de rodas de Ridley e pulando na parede atrás de Carter antes de se virar de lado, respirar fundo e passar entre Olly e Izzy. Ela abriu a porta secreta e encontrou os olhos de Vernon.

— E por acaso você se considera uma dessas pessoas, pai?

— É claro que não, minha querida. — O sr. Vernon piscou e então esfregou o olho como se tivesse um cisco de repente. — Só estava comentando sobre a taxa de crimes nesse país. Altíssima.

★ 30 ★

OS ARTEIROS MÁGICOS: A SEGUNDA HISTÓRIA

— *Altíssima!* — repetiu Presto, a papagaia verde de estimação da loja.

A bela ave estava empoleirada perto da entrada da loja. O sr. Vernon a chamou, erguendo a mão para deixá-la se aninhar por um momento. Ele sussurrou algo no ouvido dela, depois subiu a escada espiralada para o mezanino da loja.

— *Waaaaaak!* — Presto respondeu com uma piscadinha intrigada e um aceno de cabeça antes de ficar estranhamente quieta.

— Leila, sei que a reunião de seu clube de mágica começou, mas você e Carter se importariam em cuidar da loja por um momento? — perguntou o sr. Vernon. — Acho que meu frasco de tinta invisível ficou invisível *de verdade*.

— É claro que ficou. — Leila riu baixo. — E claro que cuidamos! — Ela se virou para Carter, Theo, Ridley, Olly e Izzy e fez sinal para eles saírem da sala secreta.

— Aaaah — disse Ridley, empurrando a cadeira para dentro da loja. — Gosto mais quando nossas reuniões são lá dentro. No escuro. São mais mágicas.

— Mais mágico do que quando estamos em uma loja mágica de verdade? — perguntou Theo.

Olly e Izzy deram as mãos e entraram girando no espaço, depois fingiram ficar tontos e caíram. Leila fechou a porta corrediça da estante enquanto Theo erguia o arco do violino mágico sobre a cabeça de Ridley. O caderno dela levitou de seu colo e flutuou pouco além de seu alcance.

★ 31 ★

— Devolve! — Ridley rosnou, puxando Theo pela cauda do smoking.

— Calminha aí — Carter falou, pegando o caderno do ar e devolvendo-o para Ridley. — Pega leve.

Ridley bateu na gravata-borboleta de Theo, transformando-a de preta e lisa numa xadrez mostarda e chamativa. Theo se crispou ao se olhar no enorme espelho, depois ajustou as lapelas do paletó do smoking. Ele sempre parecia estar a caminho de uma festa grandiosa.

— Acho que essas cores também podem funcionar — ele disse consigo mesmo, depois piscou para Ridley. Ela piscou de volta.

— Agora que acabamos a lição de casa — continuou Leila —, vamos começar a reunião propriamente dita.

— Ei! Essa é a minha frase! — Ridley brincou. — Vamos começar oficialmente a reunião dos Arteiros Mágicos — ela disse, erguendo a voz de modo a falar como o prefeito durante um discurso comemorativo no parque da cidade.

— Atenção, atenção! — disse Theo.

— Você esqueceu da chamada — avisou Carter.

— Beleza! — Ridley resmungou. — Vamos continuar com a chamada. — Ela falou os nomes de todos em voz alta, e eles foram levantando as mãos. Ela passou os próximos segundos anotando tudo que havia acabado de dizer em seu caderno.

— Deixe que eu faço isso — disse Carter.

Relutante, Ridley entregou o caderno e a caneta.

OS ARTEIROS MÁGICOS: A SEGUNDA HISTÓRIA

— Quem tem algum anúncio para o clube? — Ridley perguntou.

— Bom, já contamos sobre a invasão do macaco — disse Leila. — É minha única novidade.

Ridley avançou.

— Mais alguma coisa que deveríamos anotar? — Como o grupo não disse nada, ela falou: — *Os Arteiros Mágicos não guardam segredos*. Lembram?

— Não tenho segredo nenhum — disse Carter.

Leila pensou na caixinha cheia de chaves no andar de cima, aquela de que ninguém sabia.

— Nadinha — ela falou. — Nenhum segredo aqui.

— Creio que alguns segredos merecem ser guardados — disse Theo, com a voz calma e controlada. — Definitivamente não pretendo entregar meus truques no futuro próximo.

Antes que Ridley pudesse criticar o amigo, a porta da loja se abriu, e o sino soou.

Leila se inclinou para fora do corredor e viu um casal. O homem e a mulher pareciam um par de turistas do Resort do Carvalho Grandioso. Como o sr. Vernon ainda estava no andar de cima, procurando sua tinta invisível, Leila foi correndo e falou:

— Bem-vindos à Loja Mágica de Vernon, onde fornecemos o impossível. Posso ajudá-los a encontrar algo? — Com uma piscadinha, ela acrescentou: — Ou talvez ajudar a fazer algo desaparecer?

Presto agitou as penas em seu poleiro.

★ 33 ★

OS ARTEIROS MÁGICOS: A SEGUNDA HISTÓRIA

— *Mal cai pois Mozart confessa, pare um vip se tiver pai bang falso.*
— *Mal cai pois Mozart confessa, pare um vip se tiver pai bang falso!*

— Não liguem para a ave. — Leila sorriu para os fregueses, que pareciam indiferentes. A bagunça de palavras da papagaia fazia Leila pensar em poesia... quer dizer, uma poesia bem, mas *bem* estranha. Não era a primeira vez que Presto falava coisas esquisitas.

Carter apareceu ao lado dos clientes.

— Fiquem à vontade para olhar ao redor.

Leila não pôde deixar de se sentir contente que Carter estivesse se adaptando tão rapidamente. O casal andou com cautela na direção de uma mesa que exibia olhos de vidro enfiados em jarros enormes, frascos de gosma verde e cristais de quartzo.

— Por que é que Presto fica falando essas coisas? — Theo perguntou, se juntando aos outros no balcão.

Ele inclinou o pescoço comprido para trás, tentando fazer contato visual com a papagaia, depois ergueu a mão. Isso normalmente funcionava com as pombas que ele criava no quintal, mas Presto tinha sido treinada de maneira diferente.

— Talvez ela esteja ensaiando para o Shakespeare no Parque — Ridley comentou.

⋆ 35 ⋆

— Seria legal — disse Leila. Ela bateu no próprio ombro. — Presto! Vem!

Presto apenas gritou mais uma vez:

— *Mal cai pois Mozart confessa, pare um vip se tiver pai bang falso!*

O casal de fregueses sussurrou algo entre si, depois olhou feio para Presto. Eles seguiram para a porta com um "obrigado" baixo. O sino ressoou, e foram embora. Leila ficou vermelha; desapontada por não ter conseguido convencê-los a ficar mais.

— Esse passarinho é maluco — disse Ridley. — Ao contrário da minha coelha. Cadê minha Cartola?

Carter riu baixo.

— Algum dia, um de nós vai tirar uma cartola de verdade e dizer: *Aqui está!*

— Há-há. — Ridley fechou a cara. — Não tem graça, *novato*. Não me faça expulsar você do clube tão cedo.

— Foi só uma piada — Theo sussurrou, colocando a coelha no colo de Ridley.

Ridley não queria dar ouvidos.

— Se for para fazer piadas durante as reuniões dos Arteiros Mágicos, elas têm de ser muito mais engraçadas. E Presto tem de aprender a ficar de bico calado. — Theo ergueu uma sobrancelha de reprovação. — Ah, qual é — Ridley acrescentou. — Você sabe que adoro todos...

PING! Do nada, uma moeda grande caiu do ar. Ela quicou duas vezes na mesa, rolou de lado em um círculo e tombou.

— Pai, foi você quem fez isso? — Leila gritou para o andar de cima, mas o sr. Vernon não respondeu.

Ridley pegou a moeda e a examinou. Theo e os outros espiaram por sobre o ombro dela.

— São as letras de *A a Z* — Olly observou.

— E depois volta — Izzy acrescentou — de *Z a A*.

— É uma *cifra* — Ridley sussurrou.

— Uma o quê? — perguntou Carter.

— Um código, um jeito secreto de escrever — Ridley explicou. — Olha, se eu quiser escrever *GATO* usando esta cifra, ficaria *TZGL*. E *CÃO* ficaria *XZL*.

— Que incrível — Leila disse.

Uma sombra surgiu do outro lado da janela.

— Mais fregueses — Carter avisou.

Querendo guardar segredo sobre a nova descoberta,

Ridley escondeu a moeda no compartimento secreto do braço da cadeira de rodas.

O sino tocou quando a porta da frente se abriu mais uma vez. O coração de Leila palpitou ao pensar que o casal tinha mudado de ideia e voltado. Mas foi uma voz diferente que chamou:

— Oi? Tem alguém aqui?

COMO...

Fazer uma carta mudar com uma sacudida

Quem era à porta da loja? Bom, prefiro não contar. Pode pular para o próximo capítulo e descobrir, ou ficar e aprender um pouco de mágica!

Ah, decidiu ficar? É maravilhoso ver você novamente! Adoro trabalhar com alunos dedicados. Andou praticando os truques que mostrei no primeiro livro? Se sim, ao fim da *Segunda história*, você terá truques suficientes para apresentar um espetáculo completo.

DO QUE VOCÊ PRECISA:

Um baralho de cartas comum.

DICA ÚTIL (ONDE FICAR):

Para este truque, você deve se posicionar perto de seu público de modo que estejam olhando de cima para as cartas em sua mão.

PASSOS:

1. Segurando o baralho numa mão, use a outra para mostrar uma carta aleatória a seu público. Peça para dizerem que carta é.

2. Enquanto falam sobre a carta, deslize o mindinho entre a carta de cima e o resto do baralho para criar um espacinho.

3. Coloque a primeira carta virada para cima, alinhada à carta erguida. Agora você deve estar segurando duas cartas ligeiramente acima do restante do baralho.

4. Usando o dedo médio e o polegar de sua mão livre, pegue os cantos das duas cartas de cima e afaste-as do baralho, segurando-as de maneira que fiquem um pouco curvadas.

(Dica: As duas cartas devem ficar alinhadas de maneira a fazer parecer que está segurando apenas aquela primeira carta de cima.)

5. Mova a mão para trás e para a frente, de modo que a imagem na carta comece a ficar turva para o público. Mostre a carta para o público. Peça para um deles dizer qual é. Agora, mova a mão para a frente e para trás.

6. Enquanto chacoalha as cartas, use o indicador para encostar no canto oposto das cartas e, em seguida, puxe esse canto para você de maneira que as duas cartas girem.

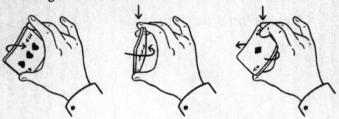

(Dica: Seu dedo médio e seu polegar vão ser os pontos onde a carta vai rodar.)

7. Pare de sacudir as cartas devagar e revele que a carta mudou.

8. Faça uma reverência!

CINCO

Havia uma mulher ao balcão.

— Desculpe! — Leila disse esbaforida para a estranha. Ela recitou seu discurso habitual. — Bem-vinda à Loja Mágica de Vernon, onde *fornecemos o impossível*. Posso ajudar você a encontrar algo?

— Olá — cumprimentou a mulher. — Espero que sim.

Ela era de altura mediana, tinha a pele em um tom de dourado fosco e o cabelo escuro ondulado caía como uma névoa de cascata até abaixo dos ombros. Seus olhos castanho-escuros olhavam fundo nos de Leila.

Leila ficou cativada. Seus dedos estremeceram. Sua boca ficou seca. Ela piscou como se o cérebro fosse capaz de tirar uma foto. Os cílios da mulher eram longos e grossos, fortemente escurecidos por rímel. Lábios tão vermelhos quanto pedras preciosas em forma de flor abaixo do nariz longo. Ela usava um longo xale roxo coberto por franjas amarelas dobrado sobre os ombros, com um lenço lilás fino amarrado em volta da cintura. A imagem de uma bola de cristal estava bordada em sua bolsa grande. O mais espetacular de tudo eram as estrelas brancas penduradas nas orelhas. Ela parecia fazer parte do lugar, como um adorno na vitrine da loja de mágica.

— Temos tudo de que um mágico pode precisar — Leila disse, com a voz embargada.

OS ARTEIROS MÁGICOS: A SEGUNDA HISTÓRIA

— Estou procurando uma pessoa — disse a mulher, passando os olhos pela loja. — Um velho amigo. O nome dele é Dante. Dante *Vernon*. O sobrenome dele está na porta.

— É porque ele é o dono — disse Carter, dando um passo à frente. — Ele é meu primo, e Leila é...

— Esperem — Ridley falou abruptamente, passando por Carter e Leila para bloquear o caminho da mulher. — Antes de revelarmos mais alguma coisa, talvez você possa nos dizer primeiro quem é *você*? Tivemos alguns transtornos aqui recentemente.

— Transtornos? — a mulher repetiu com os olhos arregalados, puxando o xale junto ao peito. — Que terrível!

— Meus amigos aqui podem ser muito ingênuos às vezes — continuou Ridley. — Mas eu não. O que você quer com o sr. Vernon?

— Sandra? — o sr. Vernon chamou do mezanino. Ele se apoiou no parapeito e os espiou do alto. — *Sandra Santos*? É você?

— Dante! — exclamou a mulher chamada Sandra.

Sandra Santos. Leila estava imaginando se já teria ouvido o nome dessa mulher antes, mas não.

Sandra ergueu os braços para Vernon para abraçá-lo. Como Ridley ainda estava no caminho, a mulher ficou simplesmente parada junto à porta, parecendo estar testemunhando um milagre, enquanto Vernon descia às pressas pela escada em espiral.

— Por um momento, pensei estar vendo um fantasma

★ 45 ★

— ele comentou. — Faz quanto tempo? Décadas! O que está fazendo aqui?

Ele passou em meio ao grupo emudecido de arteiros. Finalmente, quase relutante, ele a abraçou.

Sandra sorriu, apertando-o de volta.

— Ah, eu estava na cidade e pensei em dizer oi.

— *Mal cai pois Mozart confessa, pare um vip se tiver pai bang falso!* — repetiu Presto em seu poleiro.

Todos os arteiros se empertigaram e grunhiram.

Vernon sorriu para o animal.

— Sim. Sim, sabemos. Não é uma avezinha fantástica, você? — Presto chacoalhou as penas e fechou os olhos. *Finalmente.* Vernon colocou a mão sobre a cabeça de Leila. — Esta é minha filha. Leila.

— Olá — Leila cumprimentou, apertando a mão quente de Sandra.

Sandra retribuiu o aperto.

— É um prazer conhecê-la.

Em seguida, Vernon tocou o ombro de Carter e o puxou à frente.

— E esse rapaz bonito é meu primo: Carter Locke.

— Locke? — Sandra perguntou. — Como o...?

— O filho de Lyle — disse Vernon. — Ele está morando conosco agora. Nossa família cresceu bem rápido. — Carter ficou olhando para Sandra, maravilhado. Ele devia estar fascinado por ela conhecer o pai dele, pensou Leila. — Esses são Theo Stein-Meyer e Ridley Larsen. E

OS ARTEIROS MÁGICOS: A SEGUNDA HISTÓRIA

a dupla elegante no fundo são os gêmeos Golden, Olly e Izzy. Bons amigos, todos eles.

— Você conheceu o pai de Carter? — Leila perguntou.

— Sim, conheci — disse Sandra. — Ele era como um irmão para mim.

— *Irmão*? — Vernon perguntou com um sorriso de viés. — Eu usaria outra palavra para a relação de vocês.

Sandra riu.

— Ai, Dante! Você não mudou nada. Sempre procurando sentido onde não tem!

— Mas há *sentido* em toda parte! — Vernon insistiu, pegando as mãos dela. — Simplesmente me treinei para procurar mais do que a maioria das pessoas.

Leila deu a volta correndo pela ponta do balcão e tirou uma foto emoldurada da parede. Seus amigos a encararam como se ela tivesse ficado maluca. Mas ela não se importou. Mostrou o porta-retratos para Sandra.

— Esta é você. — Ela apontou para a menina no canto inferior direito da fotografia em sépia. — Não é?

A menina estava sentada com Dante, Lyle, Bobby e os outros membros do Círculo de Esmeralda, o clube de mágica da infância de seu pai, o grupo que havia inspirado Leila e seus amigos a formarem os Arteiros Mágicos. A menina na foto estava segurando uma bola de cristal. Parecia a mesma bola de cristal bordada na bolsa de veludo cor de vinho.

Sandra ficou boquiaberta ao ver o retrato.

★ 47 ★

— Ai, meu deus! Você guardou isso por todo esse tempo, Dante?

— Claro. Não tinha mais nenhuma lembrança de vocês. — Havia um indício de alguma emoção na voz dele? Saudades? Melancolia? — Não há nada como fazer parte de um clube.

— Então, também era membra do Círculo de Esmeralda? — Theo perguntou, esticando o pescoço, parecendo tentar reconhecer a jovem na foto dentro da mulher mais velha.

— Era sim. — Sandra assentiu, devolvendo a foto para Leila. — Tenho boas recordações de brincar nesta velha casa. As melhores da minha infância.

— Como o sr. Vernon era na época? — Ridley perguntou. — Era tão esquisito quanto agora?

— *Esquisito?* — Vernon repetiu, disparando um olhar divertido para Ridley.

— O senhor é bem esquisito, sim, sr. Vernon — ela insistiu. — Mas é disso que gosto no senhor.

— Na época, Dante era mais esquisito ainda — contou Sandra. — E misterioso. Como todos nós. E tínhamos muito orgulho disso.

Vernon assentiu.

— Isso é verdade, creio eu.

— O que você pode nos contar sobre Bobby Bosso? — Theo questionou. — Ele veio a Mineral Wells faz pouco tempo, e não era exatamente o mais bonzinho...

Vernon limpou a garganta e estendeu a mão para fechar a porta da loja.

— Que tal continuarmos essa conversa com um chá gelado? Temos vários biscoitos amanteigados para servir.

— Que delícia! — disse Sandra.

— Carter? Theo? Poderiam trazer a mesa dobrável do porão? Usem o elevador de serviço. Vamos fazer um piquenique aqui na loja — o sr. Vernon disse enquanto voltava a subir a escada em espiral para o mezanino e o apartamento. — Leila e Ridley, por favor, façam companhia à Sandra. — Ele apontou para a mulher e piscou. — E Sandra, não saia daí!

— Ah, Dante — ela disse, rindo baixo —, ao contrário de outros membros do nosso velho clube, nunca aprendi a arte de desaparecer.

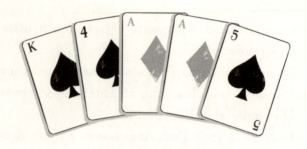

SEIS

Enquanto o sr. Vernon preparava os refrescos no apartamento, Sandra ficou sentada com os Arteiros Mágicos à pequena mesa dobrável nos fundos da loja.

— ...e então — Leila continuou, contando a história do roubo do diamante no Resort do Carvalho Grandioso — um dos capangas de Bosso bateu na cabeça do meu pai! A gente sabia que precisávamos salvá-lo.

Sandra escutou extasiada ao resto da narrativa, como se não pudesse acreditar que um de seus amigos de infância se envolveria em um conflito tão terrível. Finalmente, ela admitiu:

— Bobby sempre foi um pouco... difícil.

— *Difícil* é uma forma interessante de descrevê-lo — disse Ridley.

OS ARTEIROS MÁGICOS: A SEGUNDA HISTÓRIA

— Totalmente *pirado* é outra — Carter completou.

Theo abanou a cabeça com repulsa.

— *Criminoso* é a melhor palavra.

— Ele era mais *tortuoso* do que macarrão parafuso! — disse Olly.

— Você quer dizer *fusilli* — Izzy corrigiu.

— *Saúde!* — Olly respondeu. — Por falar nisso, como um ladrão de diamantes comemora o Ano-Novo?

— Com centelhas! — Izzy respondeu, com uma gargalhada boba de porquinho.

O sr. Vernon desceu a escada. Estava segurando uma bandeja com uma garrafa de chá gelado, vários copos e um prato daqueles biscoitos amanteigados que Carter adorava guardar para si.

— Fofocando sobre mim de novo, crianças?

Carter riu.

— Não sobre o *senhor*. Estávamos falando de Bosso!

— Nesse caso, é melhor eu me esforçar mais! É sempre difícil estar na boca do povo. — O sr. Vernon colocou a bandeja na mesa, acrescentando: — Sirvam-se, pessoal.

Sandra serviu o chá.

— Obrigada, Dante. Você sempre foi o perfeito exemplo de cortesia.

— Então, Sandra — o sr. Vernon continuou, se sentando no braço da cadeira onde Leila estava —, o que traz você de volta a Mineral Wells depois de todos esses anos?

— Uma má notícia, na verdade — disse Sandra, olhando

de soslaio para as crianças como se talvez elas não pudessem dar conta. Ela logo decidiu que podiam. — Minha mãe faleceu.

— Soube disso há um tempo.

— Sim, faz alguns anos — Sandra continuou. — Foi difícil pensar em voltar. Tantos... *fantasmas* do passado. Mas minha mãe me deixou a velha casa. Você deveria ver o estado. Completamente arruinada. Caixas por toda parte. Camadas de poeira de centímetros de espessura. E vários residentes indesejados: aranhas, moscas, camundongos e cobras. Tanto trabalho a fazer. No entanto, a velha casa abriga memórias muito queridas, especialmente as de um velho amigo que por acaso mora na mesma cidade. Peço desculpas por demorar tanto para fazer uma visita, mas minha carreira me faz viajar o tempo todo, e só há pouco consegui tempo para arrumar as coisas aqui.

— Por que viaja tanto? — perguntou Carter entre um gole e outro de chá gelado. — Seu trabalho, quero dizer. O que você faz?

— A-há. Bom, sou vidente de palco. Me apresento diante de plateias enormes em todo o país. — Os arteiros ficaram em silêncio, segurando a respiração. Eles fitaram Sandra como se ela tivesse acabado de dizer que era a primeira mulher a andar na Lua. — Será que já ouviram falar de mim? Atendo pelo nome de Madame Esmeralda.

— *A* Madame Esmeralda? — Theo perguntou. — Pensei que me parecia familiar. Há cartazes com você em todos os teatros em que meu pai rege a orquestra.

★ 52 ★

OS ARTEIROS MÁGICOS: A SEGUNDA HISTÓRIA

— Nunca conheci uma pessoa famosa antes — disse Carter.

— Famosa? — Sandra riu. — Acho que sim, mas só um *tiquinho*. É um trabalho divertido. Posso conhecer várias pessoas e ver os melhores lugares.

— Sempre pensei que videntes fossem um mito — disse Ridley, com as sobrancelhas franzidas. — Você é vidente *de verdade*, ou só finge?

— Ridley! — Leila sussurrou entre dentes. — Que grosseria!

— Tudo bem, Leila — disse Sandra. — É uma pergunta que todos se fazem. Ao menos sua amiga foi honesta. Mas, sim, leio energias vibracionais de pessoas, lugares e coisas, e sinto informações sobre acontecimentos passados, presentes e até mesmo futuros.

— Mas *como*? — Ridley pressionou. — Usa cartas de tarô? Numerologia? Astrologia? Quiromancia? — Os outros arteiros olharam para Ridley como se ela estivesse falando bobagens. Ela fechou a cara. — *Que foi?* Quando eu estava pesquisando sobre John Nevil Maskelyne, passei um tempo aqui na loja olhando alguns dos livros do sr. Vernon sobre leitura de mentes. Existem muitos tipos de videntes: precognitivos, que dizem prever o futuro; telepatas, que leem mentes; telecinesistas, que movem matéria com a força da mente. Cada um é diferente. Mas a maioria é *fraude*.

Sandra não pestanejou. Em vez disso, educadamente deu um gole de seu chá.

★ 53 ★

NEIL PATRICK HARRIS

— Como você se classifica? — Ridley questionou.

— Sou o que chamam de *clarividente* — respondeu Sandra.

— O que é isso? — perguntou Carter.

— Significa que recebo pequenas mensagens e, em seguida, informo as pessoas sobre o que precisam saber.

Leila estremeceu.

— Pequenas mensagens? De quem?

— A maioria dos clarividentes diria que as mensagens vêm de um *guia espiritual* — disse Sandra. — O *guia espiritual* sussurra segredos em nossos ouvidos, e compartilhamos essas informações com quem precisa de ajuda.

— Então você fala com fantasmas? — Ridley insistiu. — As mensagens são reais?

Sandra sugou os lábios com um ar de mistério.

O sr. Vernon tirou o lenço do bolso do paletó e o usou para limpar os cantos da boca. Em seguida, voltou a enfiar o lenço no bolso, mas outro já havia surgido para substituir aquele. O sr. Vernon tirou esse do bolso também. E outro lenço surgiu. Ele puxou outros cinco lenços do paletó, jogando todos no colo com uma cara de espanto. As crianças deram risada.

— A prova está no pudim — o sr. Vernon disse finalmente.

— O que *isso* significa? — Ridley perguntou.

— Se parece pudim e tem gosto de pudim, é provável que seja pudim? — O sr. Vernon não parecia ter certeza.

☀ 54 ☀

OS ARTEIROS MÁGICOS: A SEGUNDA HISTÓRIA

— Não é isso que quer dizer — Theo corrigiu. — O provérbio significa que é preciso experimentar algo novo para saber se gosta ou não.

— Não era assim que eu entendia — Carter disse. — Achava que queria dizer que você só podia declarar que algo era um sucesso depois de ter tentado.

— Eu achava que queria dizer: *"Confie em mim, o pudim está bom"* — Leila falou.

— Ah, todo pudim é bom — disse Olly. — Ainda mais de chocolate e caramelo. Delícia!

— Mas só depois que a mamãe tira aquela camada dura nojenta que se forma em cima — acrescentou Izzy. — Senão o Olly nem encosta.

O sr. Vernon riu.

— Acho que os velhos ditados são como mágica. Tudo depende da interpretação. As pessoas escolhem em que querem acreditar. — Ele pegou os lenços extras do colo e os amassou num punho. Com a outra mão, puxou a ponta de um até ele cair suavemente entre seus dedos. Em seguida, com um floreio dramático, tirou um único lenço do punho e o ergueu. Todos os outros haviam sumido. Os arteiros exclamaram, depois riram baixo. — Videntes são como mágicos, Ridley. Normalmente não importa se o mágico está ou não fingindo. O que importa é no que o *público* escolhe acreditar.

Ridley se voltou para Sandra.

— Então, para ser vidente, só precisa fazer as pessoas acreditarem que é vidente?

★ 55 ★

Os olhos de Sandra cintilaram. Leila reconheceu uma centelha da travessura de seu próprio pai. Não era de se surpreender que tinham sido amigos tão próximos no passado.

— Algo do tipo — Sandra respondeu. — Com um sorriso de viés, ela acrescentou: — Você acha que *não* sou vidente de verdade, Dante?

— Você é? — ele perguntou.

Ela baixou a voz em um tom cósmico fantasmagórico e disse:

— *Aprendi muito desde que éramos jovens.* — Ela ergueu as mãos e balançou os dedos e gemeu, como um espectro: — *Uuu-uuu-uuh!*

Os outros riram.

— Onde você está hospedada? — Leila perguntou. — Não naquela casa velha e acabada, imagino?

— Bom, não tenho outra opção, minha querida. A menos que Dante ofereça.

Ela lançou um olhar esperançoso.

O sr. Vernon ficou vermelho.

— Queria poder ajudar, queria mesmo...

Leila não conseguiu ficar de boca fechada.

— *Pai!* — Era raro que ele negasse ajuda a alguém, ainda mais a uma velha amiga.

Ignorando a interrupção, o sr. Vernon continuou:

— Mas não temos mais um quarto de hóspedes, e não recomendaria que ficasse no nosso sofá duro lá em cima. Você não teria privacidade nenhuma. — Ele abanou a cabeça.

— Já sei, Sandra... Vou ligar para meu companheiro no Resort do Carvalho Grandioso e ver se ele consegue providenciar o quarto mais luxuoso... só até você tornar a casa de sua mãe mais habitável.

Sandra não conseguiu esconder a decepção.

— Eu ficaria muito grata.

— Excelente! — disse Vernon, levantando-se e indo até o telefone. — Vamos instalar você no resort. Depois, à noite, volte e jante conosco.

— Nós também? — perguntou Theo.

— Estou intrigada para saber mais sobre as *habilidades* de Sandra — disse Ridley, erguendo uma sobrancelha.

— Arre! Eu não poderei vir — Olly disse, com um ar dramático.

— Pois é, não podemos ficar — Izzy lamentou. — Temos jantar da família Golden.

Ridley insistiu:

— Mas o resto de nós...

— Tudo bem, tudo bem. — O sr. Vernon deu risada. — Olly e Izzy, sentiremos muito a sua falta. Mas lembrarei de pedir ao Outro sr. Vernon para trazer mais comida. Será uma festa de boas-vindas para Sandra.

— Não sei como agradecer — Sandra disse. — Ora, como senti sua falta, Dante. Muito obrigada.

Prestando atenção, Leila notou um tom de derrota na voz de Sandra. Por um momento, Leila se perguntou se ela própria também teria poderes psíquicos.

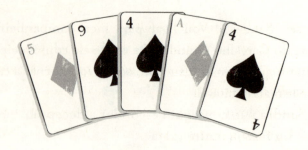

SETE

Do outro lado da rua de casa, Leila e Carter se sentaram sob a sombra do coreto. O parque era o lugar perfeito para praticar à tarde. Leila tirou um laço de barbante do bolso e o enrolou nos punhos, tentando encontrar um jeito novo de se amarrar sem a ajuda de ninguém.

Carter havia trazido um baralho e estava treinando embaralhar as cartas, fazendo cortes falsos e floreios elegantes antes de devolvê-las à ordem original. Ele as fazia saltarem de uma mão à outra. Tentou até girar uma por trás da cabeça, mas não conseguiu pegá-la a tempo. Quando ela caiu na grama, seu rosto ficou vermelho de vergonha.

— Que impressionante! — disse Leila. — Você andou treinando.

Carter franziu a testa.

OS ARTEIROS MÁGICOS: A SEGUNDA HISTÓRIA

— Não o bastante, pelo jeito.

— Você vai chegar lá — Leila disse. Depois de um momento, acrescentou: — Às vezes, queria ser vidente para saber o que tem dentro da cabeça do meu pai. Tenho a impressão de que tem muita coisa sobre ele que não sei.

— Como o quê, por exemplo? — Carter perguntou.

Ele continuou a fazer as cartas saltarem de uma mão à outra.

— Como quem ele era quando tinha a nossa idade. Ele já falou sobre a relação dele com Lyle, seu pai? Afinal, eram melhores amigos.

Carter juntou as cartas numa pilha única.

— Queria que falasse mais. Tenho certeza de que ele vai contar com o passar do tempo.

— Quero saber sobre o antigo clube de mágica. Já conhecemos Bobby Boscowitz. E agora Sandra Santos ressurge do nada. Acho que nós nem sabemos o nome dos outros membros.

— Você já perguntou?

— Só descobri sobre o Círculo de Esmeralda quando você veio à cidade. Acho que ele nem teria confessado muito se já não tivéssemos descoberto por conta própria.

— Talvez seja isso que ele queira. Que encontremos nossas próprias respostas. Ou talvez tenha vergonha do passado. Sei que eu tinha. Por que você acha que eu escondia meus segredos quando conheci vocês?

— Hmm, talvez — Leila disse, sem muita segurança.

★ 59 ★

— Se fosse vidente — disse Carter —, o que gostaria de saber?

— Queria saber que os Arteiros Mágicos não vão acabar como o Círculo de Esmeralda. Não gostaria de pensar que nós seis possamos ter uma *ruptura*. — Ela pensou nas meninas tão maldosas no Abrigo de Madre Margaret. Tentou não estremecer. — Quero... Quero que sejamos amigos para sempre.

Carter esfregou as têmporas.

— Eu prevejo... que isso super vai acontecer.

Leila sorriu.

— Também queria ver o passado. Descobrir por que Bobby Boscowitz se transformou em B. B. Bosso. E descobrir por que meu pai e Sandra perderam o contato durante todos esses anos. Não é esquisito?

Carter fez que sim.

— Talvez só tenham se distanciado. Às vezes acontecem coisas fora do nosso controle. O *meu* pai, por exemplo, foi parar bem longe de Mineral Wells. Deixou o Círculo de Esmeralda para trás, mas aposto que nunca se esqueceu deles. Eu? Se fosse vidente, queria saber o que aconteceu com os meus pais.

— Talvez haja alguma maneira de descobrir todas essas coisas sem necessidade de poderes mentais estranhos.

— Seria genial. — Carter sorriu. — Ajudo você se você me ajudar.

— Fechado!

OS ARTEIROS MÁGICOS: A SEGUNDA HISTÓRIA

— Quer voltar para dentro? — perguntou Leila. — Papa vai voltar do trabalho logo mais. E quero ajeitar um pouco as coisas antes de todos chegarem. Acha que deveria usar minha camisa de força para o jantar?

Carter riu.

— Como vai comer com os braços amarrados?

— Vou dar um jeito. Talvez possa até incorporar isso no meu número.

Enquanto os dois cruzavam a grama perto do coreto, um guincho alto os assustou. Eles ficaram paralisados. Tinha vindo do espaço escuro embaixo do coreto. De olhos arregalados, Carter perguntou:

— Está pensando o mesmo que eu?

Leila prendeu a respiração.

— Se estiver, quer dizer que leio mentes?

Carter pestanejou. Os dois sussurraram ao mesmo tempo:

— *O macaco.*

Juntos, eles se ajoelharam com cautela na grama e espiaram através das fendas em forma de losango entre as tábuas de madeira embaixo do coreto. Um vulto pequenino estava encolhido no canto oposto. Sons baixos de dentes tiritando ecoavam do espaço escuro.

— O ladrãozinho está de volta! — exclamou Carter.

— Vamos pegá-lo antes que ele tente roubar o livro do meu pai outra vez!

Leila desenrolou o barbante de seus dedos e improvisou

um pequeno arreio usando nós simples que não o machucariam. Ela fez voltas para o pescoço e o tronco e os braços do bichinho.

Eles deram a volta devagar pelo canto da estrutura. Mas, assim que se aproximaram do outro lado, um vulto peludo saiu em disparada. O macaco correu pela grama e atravessou a rua antes de desaparecer atrás da barbearia na esquina.

— Ai, droga — Leila reclamou.

Alguém do outro lado da rua soltou um berro.

— Que nojo — disse Carter, tirando migalhas de biscoito do bolso. — Da próxima vez, vou estar mais bem preparado.

— Se houver próxima vez — Leila respondeu com um suspiro. — Devemos ir atrás?

— Não. Tenho o pressentimento de que ele vai voltar.

Entrando subitamente pela porta da loja de mágica, Leila gritou:

— Pai! Pai! Você não vai adivinhar quem vimos lá fora!

O sr. Vernon tirou os olhos de um livro no balcão e ergueu uma sobrancelha.

— Bom, posso tentar? — Leila e Carter grunhiram enquanto Vernon levava os indicadores às têmporas e fechava os olhos. — Foi o fantasma de Abraham Lincoln? — Eles fizeram que não. — Babe, o Boi Azul? — Não. — Johnny Appleseed? — Uh-uh. — Ah, já sei: Oberon, Rei dos Elfos!

Carter exclamou:

— Foi o macaco de Bosso!

Leila assentiu.

— Ele estava escondido embaixo do coreto e saiu correndo quando tentamos pegá-lo.

O sr. Vernon suspirou.

— É melhor darmos uma volta pela casa e fecharmos

todas as janelas. Vou telefonar para o controle de animais. Não podemos deixar que ele perturbe nosso jantar especial.

— Controle de animais? — Carter repetiu. — O que vão fazer com ele?

— Vão capturá-lo e trancafiá-lo — disse o sr. Vernon. — Assim como o Bosso.

Carter estremeceu.

— Existe cadeia de macaco?

(Caros amigos, vocês ficarão felizes em saber que *não* existe cadeia de macaco... ao menos, não em Mineral Wells.)

— Pode ser mais seguro para ele ficar em uma *gaiola* do que na rua — Vernon pensou alto.

— Uma gaiola! — Leila exclamou. — Isso é terrível!

— Ele só quer um lar — Carter sussurrou.

Leila se empertigou.

— Talvez possamos adotá-lo.

O sr. Vernon riu baixo.

— Uma coisa de cada vez. Que tal darem uma limpadinha na casa? Podem até decorar a sala de jantar lá em cima para nossa convidada de honra. — Ele tirou uma cartola do mancebo, depois a jogou para Leila. — Use o que quiser da loja. É sempre bom lembrar que vivemos cercados por magia aqui.

Leila colocou a mão dentro da cartola e tirou um lenço multicolorido infinito. Vermelho, verde, amarelo, azul, roxo e laranja. O pai dela estava obviamente tentando

OS ARTEIROS MÁGICOS: A SEGUNDA HISTÓRIA

distraí-la de pensar no macaco correndo assustado lá fora. *Despiste clássico*, Leila pensou.

— Rápido! — O sr. Vernon acrescentou, estalando os dedos animadamente. — Um bom mágico nunca deve ser pego desprevenido pela chegada do público!

OITO

Assim que Theo e Ridley chegaram à loja, Leila os botou para trabalhar.

— Estamos montando uma decoração dos Arteiros Mágicos para a mesa de jantar.

Leila estava usando sua camisa de força, embora tivesse deixado as mangas desamarradas para conseguir carregar os itens da loja.

Ridley pareceu desconfiada.

— E por quê?

— Em homenagem às duas gerações de clubes mágicos.

Carter estendeu as mãos como um apresentador de espetáculo.

Leila acrescentou:

— Além disso, ver como nosso clube de mágica é legal

OS ARTEIROS MÁGICOS: A SEGUNDA HISTÓRIA

pode fazer meu pai e Sandra falarem sobre o Círculo de Esmeralda.

Ficar olhando toda a Loja Mágica de Vernon deixou Leila subitamente nostálgica de quando havia chegado pela primeira vez do Abrigo de Madre Margaret. Ao entrar por aquela porta, enquanto o sininho soava sobre sua cabeça, Leila sentiu que havia entrado em um mundo de maravilhas que ela só tinha visto antes nos livros. A sala de pé-direito alto era decorada com todas as cores do arco-íris. As vidraças eram pintadas de roxo e verde vivos. Os tapetes que cobriam o piso velho de madeira eram trançados de listras ocres e pontinhos vermelhos e raios amarelos. Os potes de vidro estavam cheios de brinquedos e artefatos que refletiam a luz do sol, iluminando os cantos mais distantes da sala, refletindo a purpurina incrustada nas paredes de gesso. Por um momento, naquele primeiro dia, Leila teve certeza de que era um sonho do qual acabaria acordando; de certa forma, com o passar do tempo, foi o que aconteceu.

Amigos, vocês já devem saber que é impossível viver cercado por tanta magia sem que uma hora ela comece a parecer relativamente normal. Felizmente, os pais dela conseguiam lembrá-la de como ela era especial simplesmente por trazerem-na para dentro de suas vidas e lhe darem a atenção e o amor que ela merecia. A mágica na loja era a cereja em um bolo já delicioso.

O quarteto reuniu produtos dos cantos ocultos e

★ 67 ★

das gavetas secretas da loja. Depois, pegaram o pequeno elevador de serviço para a sala de jantar. Leila sempre achava engraçado quando pegava o elevador. Quantas pessoas tinham um elevador de verdade dentro de casa?

Leila colocou a cartola preta que usava na da loja de lado, bem no meio da mesa comprida de madeira. Os outros arteiros cercaram a cartola com varinhas mágicas, cartas de baralho, cordas amarradas, flores de plumas, almofadas de pum, copinhos e bolinhas de espuma, animais de balão, crânios humanos em miniatura feitos de plástico transparente, frascos de vidro multicoloridos e uma ave verde de pelúcia idêntica a Presto. Tudo parecia estar

OS ARTEIROS MÁGICOS: A SEGUNDA HISTÓRIA

transbordando da cartola como efosse uma cornucópia mágica de fartura. Leila colocou seus castiçais favoritos — ferro fundido na forma de botinhas de bruxa — em cada ponta e depois acendeu as pontas das velas brancas altas. A luz do poente vinha através das cortinas finas e — junto com a luz das velas — dava à sala de jantar uma aura de encanto.

— *Perfeito*! — disse Leila. — Isso vai fazê-los falar.

✦ ✦ ✦

Quando papa voltou do resort para casa, trouxe consigo Sandra Santos. O vestido branco dela era decorado por bolinhas vermelhas, e ela havia prendido o cabelo em um coque impecável no alto da cabeça. Os mesmos brincos em

forma de estrelas brancas pendiam de suas orelhas delicadas. De acordo com as grandes revistas de moda, toda mulher fabulosa tinha um ou dois acessórios característicos; as estrelas eram os de Sandra. Ela cumprimentou os arteiros com beijinhos no ar.

— Minha nossa! — ela disse ao ver a decoração da mesa. — Que fabuloso!

Carter pousou a agulha no toca-discos sobre o aparador, e um jazz alegre envolveu a sala.

— Os Arteiros Mágicos dão as boas-vindas! — disse Leila com uma pequena reverência.

— A melhor parte é que *tudo isso* vai voltar magicamente para a loja ao fim da noite! — disse o Outro sr. Vernon.

Carter piscou.

— Você nem vai ver.

O papa de Leila trouxe pratos cheios de macarrão com queijo e lagosta, tomates verdes fritos, batatas com parmesão, e espaguete de abobrinha à marinara. Todos se reuniram em volta da mesa, as bocas salivando enquanto o Outro sr. Vernon enchia taças de cristal com limonada fresca que cintilava à luz das velas.

— Tudo parece tão delicioso! — elogiou Sandra.

— Uma maravilha — disse Theo. — Como sempre.

— Obrigada, srs. Vernons! — Ridley exclamou.

— Pena que Olly e Izzy não puderam vir — disse Leila.

— Sim — disse Ridley —, uma pena.

— Aproveitem enquanto ainda está quente — o papa de Leila instruiu.

★ 70 ★

Os sons de talheres tilintando nos pratos soavam como sinos, até Sandra interromper:

— Esperem! — E ela ergueu a taça. — Primeiro, um brinde! Aos velhos amigos!

O sr. Vernon sorriu, seu bigode preto e fino decorando o lábio superior.

— *Aos velhos amigos* — ele ecoou. Todos bateram os copos, deram goles rápidos, depois voltaram à tarefa diante de si: encher a pança com aquele rango delicioso.

— Ah, eu adorava esta casa antiga quando era pequena — Sandra mencionou enquanto o Outro sr. Vernon trazia uma torta açucarada de limão-galego. — Lembra-se dos shows de mágica que apresentávamos para os passantes? Nossas brincadeiras infinitas de esconde-esconde?

— Lyle sempre ganhava — o sr. Vernon falou com um sorriso. — Ele era muito bom em desaparecer. — Leila notou Carter sorrir ao lembrar do pai.

O Outro sr. Vernon cortou fatias de torta para todos e as passou para as pessoas enquanto Sandra continuava:

— Melhor de tudo, ficávamos acordados até tarde, contando segredos e inventando histórias, desafiando um ao outro a adivinhar quais eram verdade e quais eram mentira.

— Vamos jogar! — disse Leila, torcendo para aprender mais sobre os segredos de seu pai.

Sandra olhou de soslaio para o sr. Vernon, como se perguntando em silêncio se tudo bem. Ele encolheu os ombros e depois fez que sim.

— Só se você for primeiro, Leila — ele disse.

Leila pensou por um momento e depois se levantou.

— Quando vim morar em Mineral Wells, fiquei tão admirada com meus pais e a loja deles e minha nova casa que tive certeza de que era um sonho e que acordaria a qualquer momento.

— Bom, esse é obviamente *verdade* — Ridley falou. — Você me fala essa frase quase toda semana desde que nos conhecemos. — Leila encolheu os ombros e riu baixo. — Minha vez! Já ganhei um concurso de carrinhos decorando minha cadeira com um tubarão gigante.

— Isso nunca aconteceu — disse Theo. — Senão teríamos ficado sabendo.

Ridley franziu a testa.

— Pois ainda vai acontecer. E vocês vão me ajudar a montar tudo.

— Sandra é a próxima — disse Theo.

— Claro! — Sandra limpou a garganta. — Quando estava mexendo nas coisas da minha mãe em nossa antiga casa, descobri que ela guardava alguns desenhos que eu tinha feito quando era pequena. Eu havia copiado imagens de cartas de baralho que adorava. Nunca soube que ela prestava tanta atenção em meus interesses... Ela vivia trabalhando, sabe... Encontrar aqueles desenhos de novo... — Ela parou,

OS ARTEIROS MÁGICOS: A SEGUNDA HISTÓRIA

como se para se recompor. Leila queria estender a mão e pegar a da mulher. — Só sinto falta da minha mãe, acho.

— É tudo verdade — disse o sr. Vernon com um sorriso tristonho.

Sandra se empertigou, deixando de lado a melancolia súbita como se aquilo não passasse de uma camada leve de pó de pirlimpimpim.

— Quem é o próximo?

— Eu — se ofereceu o Outro sr. Vernon. — Antes de ser uma loja de mágica, esta casa era um clube de jazz.

— Totalmente falso — Leila disse.

— Pelo contrário! Essa é verdadeira — o sr. Vernon corrigiu.

— Pai, por que nunca me contou? — Leila perguntou, incomodada.

— Acho que nunca surgiu o assunto.

— Agora você, pai!

— Eu? — perguntou o sr. Vernon. — Por que eu?

— Por que não? — perguntou Carter, lançando um olhar maroto para Leila.

O sr. Vernon ergueu as mãos no ar, se entregando.

— Certo, então! Segredos e histórias. Verdades e mentiras. Qual será? Ve-ja-mos... — Ele se inclinou à frente e olhou intensamente para cada um dos convidados. — Tenho uma. Como todos sabem, muito tempo atrás, eu morava neste apartamento com meus pais. Lá embaixo, meu pai montou uma lojinha que chamou de

★ 73 ★

Loja Mágica de Vernon. Sabe, meu pai era o *Fornecedor do Impossível* original. Eu adorava vê-lo realizar truques de mágica para os fregueses. Ficava impressionadíssimo quando transformava uma coisa em outra bem diante dos nossos olhos. Suplicava para que me ensinasse. Mas ele se recusava, insistindo que o melhor jeito de aprender era descobrindo por conta própria.

O sr. Vernon pegou a ave verde de pelúcia que se parecia com Presto da decoração no centro da mesa e a segurou na palma da mão.

— E foi o que fiz. Um dia, decidi mostrar ao meu pai o que havia aprendido sozinho. Peguei sua caneca, ainda com café, e a pousei sobre um prato limpo. Depois, pus uma cartola em cima, desse jeito... — O sr. Vernon colocou o bichinho de pelúcia em cima da mesa, e a cartola sobre ele. — Meu pai esperou pacientemente enquanto eu balançava a mão em volta da cartola, desse jeito, e dizia: *"Abracadabra!"*. Depois, tirei a cartola do balcão. E a caneca de café não estava mais lá; em vez disso, um globo de neve com uma paisagem invernal de Mineral Wells estava no lugar. Meu pai ficou muito orgulhoso. Lembro claramente como ele ficou radiante com minha habilidade aprendida sozinho. Mal sabia ele que quebrei a caneca durante o truque, por isso ele nunca mais a viu. Mas me aprimorei muito desde então...

O sr. Vernon tirou a cartola da mesa e todos ao redor exclamaram.

OS ARTEIROS MÁGICOS: A SEGUNDA HISTÓRIA

No lugar da ave de pelúcia, Presto, a papagaia de verdade, estava lá e grasnou. Ela saltou para cima e para baixo, como se impressionada consigo mesma. O sr. Vernon devolveu a cartola ao centro da mesa e estendeu o dedo para a ave. A papagaia subiu, e ele a levou para seu ombro. Com um bater de asas, ela se empoleirou ali.

— Agora me digam, crianças — disse o sr. Vernon —, essa história foi verdade? Ou eu estava mentindo?

Carter bateu na mesa, usando código Morse para responder:

•••— • •—• —•• •— —•• •

Ridley bateu palmas.

— Muito bem, Carter!

— Era verdade, pai! — Leila sorriu. — Verdade absoluta!

O sr. Vernon inclinou a cabeça, e todo o grupo deu uma salva de palmas. Leila se sentiu inebriada. Ter Sandra ali estava funcionando mesmo; o pai estava se abrindo sobre seu passado. Se tudo desse certo, esse seria apenas o começo.

— Como conseguiu fazer isso, sr. Vernon? — perguntou Theo. — Presto estava na gaiola lá embaixo quando chegamos.

— Eu sei como! — Carter exclamou. — Primeiro, você precisa de um mecanismo...

— *Indocilis privata loqui* — o sr. Vernon interrompeu, levando um dedo aos lábios.

— O que isso quer dizer? — perguntou Leila. — Está tentando nos falar algum tipo de código novo?

Seu pai fez sinal de quem fecha a boca com um zíper e, então, com uma chave invisível, fingiu trancá-los bem.

O Outro sr. Vernon abanou a cabeça.

— O que falei sobre animais ou *latim* à mesa de jantar, Dante?

— Latim? — Leila ecoou. — Desde quando você fala latim?

Mas o sr. Vernon fingiu que não a ouvia mais.

— Podemos fazer uma exceção? — ele perguntou ao Outro sr. Vernon. — Temos a visita da minha velha amiga aqui.

Sandra riu baixo.

— Você não mudou nada, Dante.

— Você vive falando isso. Mas não notou meus cabelos? — O sr. Vernon passou os dedos nos cachos volumosos. — Completamente brancos agora.

— Ah, pare — disse o Outro sr. Vernon. — Ainda somos jovens.

— Não. *Nós* ainda somos jovens — Carter disse com um sorriso brincalhão. — Jovens e cheios de energia!

Theo e Ridley riram baixo.

— É tudo uma questão de estado de espírito. — Sandra assentiu. — Hm-hm, esta torta! Ela me faz me sentir como se estivesse de volta na minha antiga loja na praia na Flórida. As pessoas entravam para as sessões. Ficavam horas, conversando comigo e tomando chá. Foi

OS ARTEIROS MÁGICOS: A SEGUNDA HISTÓRIA

uma das minhas épocas prediletas. Às vezes, queria que a vida pudesse ser simples de novo.

— Pode ser se você quiser — disse o sr. Vernon.

— Ainda faz sessões particulares? — perguntou Theo.

— O tempo todo! Querem que eu faça para vocês? — As crianças bradaram em aprovação. — Não sei se vai se comparar à historinha de Dante, mas vou tentar. — Sandra estalou a língua no céu da boca e estreitou os olhos. A sala ficou em silêncio enquanto Sandra fechava os olhos por cerca de dez segundos. Depois sussurrou: — *Correndo, correndo, correndo... O cheiro de fumaça, o avanço de um trem... São muitos trens... Mais do que consigo contar... Contar... O jogo de conchas... Uma sensação de vergonha... seguida por... fuga!* — Ela se empertigou e então disse com a voz normal: — Isso significa algo para você, Carter?

Carter arregalou os olhos. Olhou para os amigos ao redor da mesa. Eles estavam boquiabertos, todos pasmos.

— Sim, isso significa. Antes de vir morar com os Vernon, eu... viajava muito de trem. Muito. E meu tio enganava as pessoas para tirar dinheiro delas com aquele jogo de conchas horrível.

Sandra pensou por um momento, depois assentiu.

— Esse tempo não vai mais voltar. Nunca mais.

Os olhos de Carter se arregalaram ainda mais enquanto era tomado de alívio.

— Bom saber — ele disse, sorrindo.

— E eu? — Ridley pediu.

★ 77 ★

Sandra esfregou as têmporas enquanto se voltava para Ridley. Imediatamente, Sandra Santos espirrou no guardanapo.

— *Narizes entupidos e olhos lacrimejantes* — ela sussurrou. — Isso significa algo?

Ridley encolheu os ombros.

— Meus pais têm alergias. É por isso que meu coelho de estimação fica aqui na loja de mágica. — Ela olhou de novo para o sr. Vernon e sorriu. — Obrigada de novo por permitir.

— Sem problemas — ele respondeu.

Sandra disse:

— Você não vai sofrer de alergias como seus pais.

— Que bom! — Ridley ergueu as mãos no ar. — Uma coisa a menos com que me preocupar!

Leila pôde ver que sua amiga estava sendo irônica, mas Sandra sorriu, como se a resposta de Ridley fosse um sucesso.

Em seguida, os olhos de Sandra pousaram sobre Theo.

— *Escuto muitas vozes* — ela sussurrou. — *Uma casa cheia de vozes...*

Theo pareceu confuso.

— Meus irmãos e irmãs vêm me visitar nesse verão. Daqui a poucas semanas. Meus pais estão muito ansiosos.

— Eles sim... mas *você* não — disse Sandra, apontando para ele.

OS ARTEIROS MÁGICOS: A SEGUNDA HISTÓRIA

Theo corou.

— Bom, estou *sim*, mas às vezes, quando estão todos juntos, me sinto um pouco...

— Perdido — Sandra disse. Theo fez que sim. — *Música* — ela acrescentou. — Ouço música também.

— Também toco violino — Theo confirmou.

— Isso vai ajudar você a passar pelas dificuldades do futuro. *Não* desista.

— Ah, não vou desistir. Meu pai não me permitiria. — Theo sorriu enquanto todos riam.

Quando Sandra finalmente olhou para Leila, a menina se sentiu zonza. Mas Sandra estreitou os olhos, e Leila se obrigou a abrir um sorriso maior do que o habitual. Queria ouvir apenas coisas boas.

— *Passos. Uma batida na porta. Ninguém atende.* — Que bom, Leila pensou. Isso não significava *nada*. A sala estava insuportavelmente quieta. — *Um presente* — Sandra acrescentou, como se tivesse se esquecido. — *Uma chave...* — O coração de Leila subiu pela garganta. — Isso faz algum sentido?

Leila pensou na chave na corrente dentro da caixa de metal, a que tinha desde bebê. Mas não queria que ninguém soubesse a respeito. Esse segredo lhe dava forças. Ainda assim, percebeu que não conseguiria mentir para essa mulher.

— Acho... acho que sim.

O sr. Vernon lançou um olhar intrigado para Leila, mas não interveio.

★ 79 ★

— Essa *chave* se tornará importante nos próximos dias — disse Sandra. — Mantenha-a por perto.

Leila sentiu como se tivesse sido atingida por um raio. Odiando a atenção súbita, mudou de assunto:

— Sabia que também fazemos truques? Theo, Ridley, Carter e eu?

— Pois o sr. Vernon me contou — Sandra disse.

Leila ergueu a voz:

— Carter, mostre a Sandra o que sabe fazer.

Carter pegou uma colher da mesa. Com um movimento rápido da mão, o utensílio desapareceu. Ele colocou a outra mão embaixo do prato e pegou a colher.

Sandra perdeu o fôlego.

— Que maravilha!

— Agora, Theo — disse Leila. — Vá em frente.

Theo tirou o arco mágico de violino do bolso da calça do smoking e o ergueu sobre a decoração no centro da mesa. Devagar, a cartola ficou em pé e começou a dançar em um pequeno círculo em volta da mesa.

— Incrível! — disse Sandra. — Bravo!

Ridley abanou a cabeça.

— Não sou um macaco de circo, e não me apresento quando os outros querem! — Por um momento, todos acharam que ela estava irritada de verdade. Mas, quando pegou o guardanapo branco e o jogou em cima da mesa, ele ficou azul brilhante na hora. — Que bruxaria é essa? — Ridley disse com uma piscadinha. Então ela pegou o

★ 80 ★

OS ARTEIROS MÁGICOS: A SEGUNDA HISTÓRIA

guardanapo de novo e o sacudiu, e ele ficou verde. —
Pare! — ela gritou para o guardanapo, e ele ficou vermelho. Todos riram.

— E não se esqueça de Leila — disse Carter. — Ela
consegue escapar de qualquer coisa. Olhe, já está até
usando a camisa de força.

— Só preciso buscar meus cadeados no quarto. Pai,
pode me ajudar?

— Fugir à mesa do jantar? — perguntou o sr. Vernon.
— Não sei, não.

— *Paaaai* — Leila disse, revirando os olhos.

— Esse é um *excelente* argumento — o sr. Vernon disse,
estalando os dedos. — Você me convenceu. Vamos lá!

Sandra se levantou da mesa.

— Enquanto fazem isso, poderiam me dizer onde
fica o toalete?

— No mesmo lugar de sempre — respondeu o sr.
Vernon, apontando para o corredor. — Não fizemos
nenhuma reforma desde que herdei a casa.

— Fim do corredor? Tinha me esquecido. Faz tanto
tempo. — Sandra agradeceu e seguiu pela passagem escura.

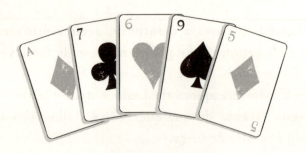

NOVE

Leila foi ao quarto buscar os cadeados — bem como suas gazuas da sorte — e os trouxe de volta à sala de jantar. Enquanto o sr. Vernon prendia o último cadeado na camisa de força, houve um estrondo horripilante na loja lá embaixo. *Crash! Smash! Creaaaaak… BAM!*

O grito agudo abafado subiu através dos assoalhos. Os olhos do sr. Vernon se arregalaram, e ele desceu o corredor rapidamente. Leila foi atrás, se esforçando ao máximo para não tropeçar de braços amarrados.

O banheiro no fim do corredor estava vazio. Sandra não estava lá.

O grupo correu até o mezanino e espiou por sobre o corrimão para encontrar Sandra sentada no degrau de baixo, ajeitando o vestido e massageando a canela. Livros

OS ARTEIROS MÁGICOS: A SEGUNDA HISTÓRIA

e papéis estavam espalhados no chão. Sandra notou todos a observando e exclamou, surpresa:

— Ah, que vergonha!

— O que houve? Você está bem? — Carter perguntou, descendo rapidamente a escada em espiral para ajudar Sandra a se levantar.

Os outros o seguiram até a loja, enquanto Ridley rolava a cadeira para perto do mezanino para ter uma visão melhor. Leila desceu com cautela enquanto ia abrindo os cadeados da camisa. Quando chegou ao andar de baixo, tinha conseguido se libertar completamente.

— Desculpe — Sandra disse, ajeitando o vestido e olhando para Vernon. — O banheiro de cima estava sem papel, então desci para usar o da loja. Mas então ouvi algo arranhando a janela da frente. Fui chegando perto e... — A cor de Sandra se esvaiu de seu rosto. — Um *macaco* saltou dos arbustos e bateu no vidro! Fiquei tão assustada que corri e tropecei, derrubando todos esses livros. Ela olhou para o chão. — Consegue acreditar? Não sabia nem que havia *macacos* em Mineral Wells, que dirá um que tentasse me *atacar*!

Carter correu até a porta da frente, destrancou-a e espiou lá fora. Olhou de um lado para o outro da rua.

— Nós o vimos hoje à tarde — Leila comentou. — Mas é engraçado porque ele não parecia querer atacar ninguém. Era o mais apavorado de nós quando o vimos.

Sandra abanou a cabeça.

— Que bagunça eu fiz!

— Não precisa se preocupar, Sandra — disse o Outro sr. Vernon.

O sr. Vernon pegou a mão dela.

— Deixe-me ver sua perna. Está sangrando?

Sandra fungou e abanou a cabeça.

— Não, foi só uma batidinha. Acho que já sofri todas as cicatrizes que essa vida planejou para mim. Não importa. Depois desse susto, acho melhor voltar para o resort. Deixe-me buscar meu xale lá em cima.

— Deixe que eu pego para você — disse Theo.

— Eu cuido disso — gritou Ridley do mezanino, dando meia-volta com a cadeira e voltando para o apartamento.

— Obrigada, meus queridos. Vocês são muito gentis.

Depois de muitos abraços e apertos de mão abundantes, os arteiros se despediram de Sandra. Depois o sr. Vernon a levou ao carro. Os Arteiros Mágicos ficaram na loja com o Outro sr. Vernon, observando pela grande janela da frente.

— Que noite! — disse o Outro sr. Vernon quando o marido voltou.

— Ela sempre foi estabanada — disse o sr. Vernon, cruzando os braços enquanto Sandra desaparecia noite adentro. — Mas é estranho...

— O que é estranho, pai? — Leila perguntou, tirando a camisa de força.

— Tinha certeza de que o apartamento estava arrumado. Aquele banheiro deveria estar em ordem.

— Sandra não mentiria... — Leila zombou. Mas pensou nas previsões de Sandra durante o jantar e se perguntou se a mulher não teria inventado tudo. Ela olhou para seus amigos. —...mentiria?

O sr. Vernon ficou em silêncio por mais um momento, depois se voltou para o grupo, a cor voltando a suas bochechas.

— Que motivo ela teria para mentir?

Leila não sabia. Ela entendia, porém, que mais uma vez seu pai fugiu magicamente do assunto. Ele andava fazendo muito isso ultimamente. O mundo dos adultos parecia uma grande caixa de quebra-cabeças trancada e sem a chave.

Depois que seus amigos foram embora, enquanto Leila escovava os dentes no banheiro do andar de cima, notou que o rolo de papel higiênico estava vazio. Sandra não havia mentido, afinal. No entanto, Leila se perguntou, será que isso significava que seu pai havia cometido um erro? Dante Vernon tinha muitas características, mas esquecido não era uma delas.

Leila fechou a porta do quarto e apagou a luz. Tirando a caixinha da estante, pensou no que Sandra havia dito durante o jantar. "*Essa chave se tornará importante nos próximos dias. Mantenha-a por perto.*"

NEIL PATRICK HARRIS

Ela ergueu a tampa e apertou a corrente em volta da chave mais antiga de sua coleção. Pela primeira vez em muito tempo, colocou a corrente por cima da cabeça e deixou a chave repousar logo abaixo da gola de sua camisola.

COMO...
Fazer uma moeda desaparecer embaixo de um copo

Enquanto Leila e Carter descansam, você e eu temos tempo para mais uma aulinha de mágica. Esta aqui exige um pouco de preparação e, claro, muita e muita prática. (E talvez um pouquinho de construção... o que Ridley adora.) Só peço que *não* fique acordado a noite toda fazendo os preparativos. Aviso: mágicos com sono cometem erros! Mas aprendemos com nossos erros. Portanto, mesmo se não conseguir na primeira vez – não se estresse –, tente e tente outra vez!

DO QUE VOCÊ PRECISA:

Uma moeda. (Quanto maior for, melhor o público vai conseguir enxergar.)
Um copo transparente (ou seja, LIMPO).
(É melhor evitar os copos chiques que foram da sua falecida bisavó. Sugiro usar um de que sua família não sentirá muita falta.)

Um lenço ou toalhinha escuros
Dois papéis limpos e totalmente brancos
Um lápis
Cola lavável
Um par de tesouras. (Tenho certeza de que você é esperto o bastante para saber que um adulto deve estar presente enquanto usa objetos afiados. Durante os shows, os mágicos podem fazer parecer fácil reimplantar um dedo cortado. Na vida real, normalmente precisa de um cirurgião. E não é nem um pouco divertido!)

PARA PREPARAR:

Use o lápis para traçar a boca do copo em um papel branco. Com muito cuidado, recorte o papel ao longo da linha do lápis. Apague todas as marcas deixadas pelo lápis no círculo recortado. Coloque uma cobertura muito leve de cola em volta da borda do copo, depois cole o círculo. Deixe a cola secar por alguns minutos.

PASSOS:

1. Antes de o público chegar, posicione o outro papel branco em uma mesa plana. Coloque o copo, virado para baixo, em uma metade do papel e a moeda na outra.

2. Avise o público que você vai fazer a moeda desaparecer magicamente!

3. Cubra o copo, a moeda e o papel com o lenço enquanto ergue o copo e o coloca sobre a moeda.

DICA ÚTIL:

Enquanto mexe o copo, faça um barulhinho com a boca. *Zip!* Ou *Xup!* Ou *Vlip!* Qualquer som que surpreenda os membros da plateia e desvie a atenção. Particularmente, gosto de gritar: "Ai! O copo me mordeu! Brincadeira!". Isso permite que você cubra a moeda enquanto chama a atenção do público para seu rosto. Um pouquinho de *despiste* entre amigos não faz mal a ninguém, certo?

4. Retire o lenço para revelar que a moeda desapareceu dentro do vidro.

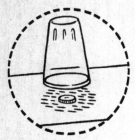

MOVIMENTO MÁGICO SECRETO:

Como o papel recortado que você colou no copo é da mesma cor que o papel embaixo, ele vai esconder a moeda, fazendo parecer que a moeda desapareceu.

5. Para fazer a moeda reaparecer, cubra o copo com o lenço de novo, depois o devolva à posição original. Retire o lenço para revelar que a moeda voltou!

6. Mostre a moeda para o público, para que possam ver com os próprios olhos que é verdadeira.

7. Faça uma reverência!

DEZ

Alguns dias depois do jantar na casa dos Vernon, Leila, Carter, Theo e Ridley subiram a colina da cidade em direção ao Resort do Carvalho Grandioso. O sol estava começando a mergulhar em direção ao horizonte oeste, e as sombras das árvores se estendiam compridas pela grama. O céu estava pintado de um tom escuro e reconfortante de azul, e fios de nuvens altas eram como pinceladas brancas deixadas por flores de plumas.

O enorme casarão branco estava logo à frente. O grupo deu a volta pela lateral até os fundos, onde eles costumavam encontrar seus amigos. Seguiram por uma das trilhas que ligava todas as edículas externas às muitas atividades recreativas do resort. Arestas charmosas se erguiam do alto dos telhados escuros, e venezianas verdes pontuavam cada janela.

Leila via esse lugar como sua segunda casa. O apartamento em cima da loja de mágica era encantador, mas o Carvalho Grandioso tinha de tudo, de piscinas a uma vista magnífica de Mineral Wells. Leila acompanhava seu papa várias vezes quando ele vinha trabalhar, mesmo que só para dar uma voltinha nos jardins.

Do outro lado de uma tenda cheia de flores, os gêmeos Golden estavam dando estrelinhas pela grama. Izzy plantou os pés no chão e se agachou enquanto Olly saltava em seus ombros. Izzy se levantou, rápida como um pistão, segurando as pernas do irmão. Eles ficaram assim no campo, observando enquanto os arteiros se aproximavam, admirados por suas habilidades ginásticas.

Izzy gritou para Olly:

— Você ganhou peso!

Olly bateu na barriga.

— Graças a todos os meus amigos chamados donuts!

De repente, Izzy pareceu não conseguir mais segurar o irmão. Enquanto cambaleavam, Izzy caiu de joelhos e Olly tombou em um salto mortal perfeito, pousando em uma pose impecável, os braços estendidos, as mãos acenando. Tudo fazia parte do espetáculo com aqueles dois. Leila e os demais bateram palmas, entusiasmados.

Ao verem seus amigos, os gêmeos começaram uma música a capela, se harmonizando em falsetes cômicos, saltos sobre caixas e piruetas.

OS ARTEIROS MÁGICOS: A SEGUNDA HISTÓRIA

— Bem-vindos, bem-vindos, é bom revê-los,
Todos vocês, damas e cavalheiros!
Muita coisa acontecendo; anda tudo esquisito?
Soubemos que quase capturaram um mico!
Sentimos sua falta, que semana bizarrinha!
Vejam nossos bolsos; deem só uma olhadinha!

Simultaneamente, os gêmeos abriram os bolsos dos coletes. Antes que qualquer um pudesse chegar muito perto, dois narizes rosados saíram das sombras.

Ridley soltou um grito e rolou a cadeira para trás. Theo franziu o nariz.

— São *camundongos*?

— Queríamos assistentes de mágica — explicou Olly.

— Passamos o dia todo treinando os bichinhos — Izzy continuou.

— Para fazer o quê? — perguntou Carter.

Olly e Izzy se entreolharam.

— Até agora, são muito bons em guinchar — Izzy respondeu, radiante, como se fosse algo impressionante.

— Onde os encontraram? — perguntou Leila.

— Nós os achamos no gramado — disse Olly.

Izzy assentiu.

— Praticamente pularam em nossas mãos.

— Não sei bem por que vocês precisariam de assistentes de mágica — disse Ridley. — Já que não são mágicos *oficialmente*.

★ 95 ★

— Não? — perguntou Olly. — Fazer rir é a melhor mágica de todas.

— Na realidade, mágica *de verdade* é a melhor mágica de todas — corrigiu Izzy.

— Ah, tanto faz — Olly respondeu. — Além disso, não quero ser limitado por um rótulo. É bom deixar as opções em aberto, experimentar um pouco de tudo. Sapateado. Canto. Mímica. Atuação. Bibliotecação...

Izzy revirou os olhos.

— Essa palavra *não* existe.

— *Você* é que não existe — Olly retorquiu. — A questão é que temos opções infinitas para ensinar a esses camundongos.

OS ARTEIROS MÁGICOS: A SEGUNDA HISTÓRIA

— Infinitas! — Izzy acrescentou: — Matemática! Química! Culinária francesa!

— Ah, sim — disse Olly. — Adoro um bom *boeuf bourguignon*. Ei, Izzy!

— O quê, Olly?

— Como chama um camundongo que puxa carros?

— Não sei, Olly. Como?

— Um grande *guinchador*!

— Ei, Olly!

— Pois não, Izzy?

— Onde os camundongos fazem compras?

— Não sei, Izzy. Onde?

— No *mini*mercado!

Leila, Carter e Theo riram por educação, enquanto Ridley soltava um resmungo.

— Acho que o material precisa ser aprimorado. Enfim, que bom que fizeram novos amigos, mas estou aqui para começar nossa reunião oficialmente se todos estiverem prontos.

Ridley passou o caderno para Carter, que tinha se tornado o secretário extraoficial do clube.

— Hora da chamada! — Ridley cantarolou.

Quando ela dizia o nome de cada membro, a pessoa respondia: *"Aqui!"*.

Exceto por Olly, que disse:

— Presente! Aah, adoro presentes. Alguém tem algum presente para mim?

★ 97 ★

— Pronunciamentos — Ridley falou. — Vamos escutar!

Izzy ergueu a mão.

— Como foi o jantar com Sandra Santos?

— Vocês deveriam ter visto! — disse Carter. — Ela leu nossos destinos e falou com os "guias espirituais" dela e tropeçou no andar de baixo quando viu o macaco de Bosso olhando para ela pela vitrine!

— Então o macaco ainda está à solta? — Olly perguntou.

— Pelo visto, sim — respondeu Leila.

— Sandra parece o máximo — disse Izzy.

— Não, Izzy — disse Olly. — O máximo é um número muito grande!

— Uau, Olly, como você é bom de matemática — Izzy ironizou. — Talvez devesse largar a comédia e investir nisso.

— Engraçadinha — Olly disse. — Que pena que não pudemos ir. Sandra parece saber como fazer uma boa apresentação.

— Sabe mesmo — Leila comentou. — Já a viram no resort?

— Ela assistiu ao nosso show hoje de manhã — Olly respondeu. — Bateu muitas palmas. Muito gentil.

— Ela até tem *cara* de vidente — disse Izzy. — Sem falar no cabelo. Comprido, ondulado e — ela sussurrou a parte seguinte — *cheio de segredos!*

— Videntes não existem — Ridley resmungou.

— Então como ela sabia tanto sobre nós? — perguntou Leila.

OS ARTEIROS MÁGICOS: A SEGUNDA HISTÓRIA

— Uma dezena de jeitos! Por exemplo, ela teve tempo de sobra aqui no resort para perguntar sobre nós antes do jantar — Ridley sugeriu. — Depois de tudo que aconteceu com Bosso, as pessoas sabem um bocado sobre a gente agora.

Carter se crispou.

— Tomara que não *muitas* pessoas.

— Li mais um pouco ontem à noite sobre alguns dos supostos videntes do século passado — disse Ridley. — Sabiam que Harry Houdini era famoso não só por escapar de armadilhas impossíveis, mas também por desmascarar falsos médiuns?

— Era? — Leila perguntou. — Nunca ouvi falar isso, e *amo* o Houdini.

— Sabemos — Theo comentou.

— Houdini fazia parte de um clube cuja missão era impedir as pessoas de acreditar em adivinhos — Ridley continuou. — Na maioria das fotos antigas que os espiritualistas diziam estar soltando aquela substância viscosa e fantasmagórica chamada *ectoplasma*, Houdini descobriu que na verdade aquilo era feito de morim molhado.

Theo entrou na conversa:

— Já vi uma fotografia de um homem que estava levitando alguns metros acima do chão. Mas, se examinar a imagem de perto, dá para ver que ele saltou da cadeira enquanto a fotografia era tirada. Uma decepção.

— Mas o que Sandra fez parecia tão real — disse Leila, apalpando a chave pendurada em seu pescoço.

★ 99 ★

— Se pensar direito nas tais visões da Sandra — Ridley continuou —, ela praticamente só falou algo vago. Depois *nós* preenchemos as lacunas. Queríamos acreditar que era verdade. Não acredito em toda aquela baboseira sobre *guias espirituais* ou *fantasmas* ou sei lá o quê...

— Ah, ei! Temos um pronunciamento — Izzy disse, acotovelando o irmão.

— Que comemos sanduíche de atum no almoço? — Olly perguntou. — Não é nenhuma grande notícia.

— Não, cabeça de vento — Izzy disse. — Os fantasmas!

— Ah, sim! Os fantasmas! — Olly disse.

— Que fantasmas? — Ridley bufou.

Olly deu saltinhos animados.

— Estão dizendo a semana toda que o Resort do Carvalho Grandioso está mal-assombrado.

— Mal-assombrado? — Carter perguntou. — Por quem?

— Ou deveríamos perguntar *pelo quê*? — corrigiu Theo.

— Venham mais perto, e contaremos a história — Izzy disse, com a voz grave e dramática. — Nossos amigos na equipe de manutenção viram e ouviram coisas na velha ala abandonada do casarão principal... coisas *estranhas*.

— É verdade — disse Olly, imitando o tom de voz da irmã. — *Coisas* que não conseguem explicar! Nas últimas semanas, os funcionários ouviram vozes e viram sombras se movendo pelo casarão. O único problema é: a ala abandonada está trancada há anos.

Theo e Leila tiveram um calafrio súbito.

★ 100 ★

OS ARTEIROS MÁGICOS: A SEGUNDA HISTÓRIA

— Ah, tá — Ridley disse. — Isso está longe de ser prova de fantasmas.

Uma porta por perto se abriu de repente e as crianças se assustaram.

— Ufa. Nenhum fantasma — Izzy falou. — Só Dean, o mensageiro.

Um velho magro usando um uniforme verde e largo do hotel estava puxando um esfregão velho atrás de si.

— Dean! — Olly gritou.

O velho mensageiro do hotel olhou para os arteiros quando Izzy acenou para ele.

— Você ouviu os rumores sobre os fantasmas do Resort do Carvalho Grandioso, não ouviu?

— Ah, claro! — disse Dean. — Deixou todo mundo apavorado. Algumas das camareiras são supersticiosas e andam com medo de chegar perto da ala antiga. O sr. Arnold, o gerente, está perdendo a paciência. Já ameaçou demitir algumas se não fizerem o trabalho direito.

— E quem *seriam* esses tais fantasmas? — perguntou Ridley, ainda desconfiada.

★ 101 ★

— Não posso dizer, porque não sei. O que *sei* é que já aconteceram muitas coisas ruins naquela ala. É por isso que ela continua fechada até hoje. — Dean olhou por sobre o ombro para ver se havia alguém de olho. — Muito tempo atrás, houve um *incêndio* na ala dos fundos. Grandes estragos. Acho que alguém chegou a se ferir. Os policiais nunca descobriram quem começou o incêndio, mas dizem que foi aquele *maluco* da loja de mágica na cidade quem o começou junto com alguns amigos quando eram crianças.

— Como assim?! — Leila exclamou. — Aquele maluco é meu pai!

Dean ficou tão vermelho quanto as rosas no jardim do outro lado do gramado.

— Me perdoe, senhorita. Não tive a intenção de ofender.

Carter olhou para o grupo.

— Espere um segundo. O *sr. Vernon* começou o incêndio.

— São só boatos — Dean disse, incerto. — O hotel reconstruiu a ala, mas logo depois houve chuvas terríveis, e o telhado não aguentou. Vazamentos. Fizeram os reparos, mas depois um ataque de mofo preto. Em seguida, cupins, camundongos, aranhas, de tudo um pouco. O lugar parecia *amaldiçoado*. Finalmente, os donos decidiram só emparedar a área toda e usá-la como estoque. Ouvi dizer que vão tentar reabrir algum dia, mas duvido que vá acontecer tão cedo. Depois de todo esse tempo, deve ter *todo tipo* de fantasma lá. — Seu rosto se fechou, como se percebesse de repente que estava falando com um bando

OS ARTEIROS MÁGICOS: A SEGUNDA HISTÓRIA

de crianças, então acrescentou: — Mas, se alguém perguntar, não ouviram nada disso de mim!

— Até mais, Dean — disse Olly, acenando enquanto o mensageiro se afastava devagar, arrastando o esfregão consigo. — Esse velhinho gosta mesmo de uma boa fofoca.

— Vocês acham que meu pai teve alguma coisa a ver com o incêndio? — Leila perguntou.

— Duvido — Carter disse. — Para mim, não passam de boatos.

— Mas e os fantasmas? — Theo perguntou. — Talvez os Arteiros Mágicos devessem investigar.

Ridley ergueu as mãos no ar.

— Fantasmas não existem!

— Lembre-se do que o sr. Vernon disse — Carter comentou. — Não importa se a mágica é real ou não. Importa em que você acredita. O mesmo vale para fantasmas.

— Tá, nesse caso, os Arteiros devem *sim* investigar — disse Ridley, com olhar intrigado.

— E se encontrarmos fantasmas? — falou Izzy. — Isso vai tornar o Carvalho Grandioso ainda mais famoso. Ei! O que servem de café da manhã num hotel amaldiçoado?

Olly arriscou:

— Torrada assombrada!

Izzy assentiu, acrescentando:

— Com geleia de *bu*-berry!

— Tomara que o hotel seja *sim* mal-assombrado — torceu Olly.

★ 103 ★

— Traria ainda mais hóspedes para ver nossas apresentações — Izzy acrescentou.

— Não se os funcionários forem demitidos por serem supersticiosos demais — Carter disse. — Não gosto da ideia de alguém ser demitido por ter medo. Deveríamos investigar e descobrir a verdade por trás dessa bobagem.

Ridley viu que Leila estava olhando para o chão.

— Ei, aguenta firme, Leila. Tenho certeza de que o velho Dean não sabe do que está falando.

— Sei não. Meu pai sempre parece cheio de segredos... — Leila sussurrou.

— Então vamos investigar esses fantasmas. E talvez descubramos mais sobre o incêndio.

— Ótima ideia — Leila disse, voltando a sorrir finalmente. — Vai ser terrível se alguém no Carvalho Grandioso perder o emprego por ter medo de trabalhar aqui. — Leila bateu palmas quando uma ideia brilhante surgiu. — Deveríamos pedir para a Sandra *conversar* com os fantasmas. Ela pode pedir para irem embora. Se tem uma coisa que as pessoas adoram em Mineral Wells é um espetáculo.

— E pizza — acrescentou Olly. — As pessoas em Mineral Wells são loucas por pizza.

— E sorvete — acrescentou Izzy. — As pessoas em Mineral Wells *adoooram*...

— Um espetáculo — Ridley interrompeu. — Boa ideia, Leila. Em que quarto mesmo Sandra disse estar hospedada?

★ 104 ★

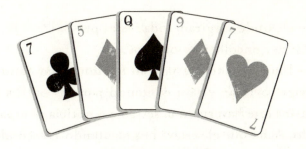

ONZE

— Sandra Santos falando — disse a voz do outro lado da linha.

— Oi, Sandra! É a Leila; estou ligando do saguão aqui embaixo.

— Leila! Que surpresa! Estava pensando em você agora mesmo. Quer subir para tomar um chá? Posso ler suas folhas!

— Na realidade — Leila respondeu —, eu e meus amigos queríamos saber se você poderia descer. Precisamos da sua ajuda com algumas coisinhas que estão acontecendo na ala dos fundos.

Quando Leila saiu novamente, um pequeno grupo de funcionários e hóspedes havia se reunido no pátio. Todos estavam sussurrando entre si, intrigados. Leila se aproximou da orelha de Carter e perguntou:

— De onde surgiram todas essas pessoas?

Carter encolheu os ombros.

— Enquanto você estava ao telefone com Sandra, o mensageiro Dean estava contando para os outros funcionários que haveria uma sessão e a notícia se espalhou rápido. Acho que ele estava nos escutando às escondidas.

— Crianças! — Sandra chamou do outro lado do pátio, abrindo os braços como se para envolvê-los em um abraço enorme. Hoje, ela usava uma túnica estampada em verde e amarelo até o chão. Uma pedra verde em forma de lágrima pendia no centro de sua testa de uma tiara dourada que prendia o cabelo em uma forma engraçadinha de cogumelo. — Obrigada por me chamarem! Sabe, sempre achei esse lugar mal-assombrado. — Sandra apontou para a ala dos fundos do casarão. — A sessão será muito esclarecedora. E divertida!

— Falar com fantasmas é *divertido*? — Ridley questionou.

— *Ajudar as pessoas* é — disse Sandra, olhando para a multidão aumentando. Estavam todos focando o olhar na mulher glamorosa de túnica estampada. Pelo visto, Olly estava certo: Dean, o mensageiro, gostava *mesmo* de uma boa fofoca. Sandra fingiu não prestar atenção no público. — Acho que todos podemos concordar que isso é uma coisa boa, não?

Ridley corou, depois concordou com a cabeça. Leila não conseguiu mais segurar a língua. Pegou Sandra pela mão e a puxou de lado.

★ 106 ★

— Sandra, pode nos contar mais sobre o incêndio? Ouvi boatos de que meu pai o começou com os amigos dele. Eram do Círculo de Esmeralda?

Sandra fez uma careta e abanou a cabeça.

— Não sei de nada. Mas, se houve mesmo um incêndio, duvido muito que Dante estivesse envolvido. Agora, temos uma plateia esperando. Vamos começar?

Leila sentiu um nó de vergonha na garganta; não deveria ter comentado nada. Não aqui, não agora.

Sandra ergueu os olhos para a fachada do prédio. Cortinas estavam fechadas em quase todas as janelas, e uma escuridão os fitava do alto das poucas janelas abertas. Apesar da umidade da tarde, Leila sentiu um calafrio percorrer sua pele. Sandra estreitou os olhos, como se para mostrar que não tinha medo, o que fez Leila se sentir um pouco melhor.

Sandra pegou a maçaneta da porta dos fundos, mas ela parecia estar trancada.

— Alguém tem a chave?

Chave?, Leila pensou. Ela sentiu a frieza do pingente contra o peito embaixo da camisa. Será que poderia ser o momento que Sandra tinha previsto? Será que Leila estava usando a ferramenta que de algum modo abriria a porta dos fundos do casarão? Mas não precisava de uma chave para isso, pensou — as gazuas da sorte em seu bolso serviriam perfeitamente. Mas Leila não se atreveria a arrombar uma fechadura na frente de uma plateia. Poderiam começar a pensar que era uma ladra.

— Aqui! — Dean deu um passo à frente, segurando a chave na mão. Ele chacoalhou um chaveiro grande antes de abrir a porta e dar um passo para o lado. Um aroma úmido saiu. Fez Leila lembrar dos armários do Abrigo de Madre Margaret.

Sandra se aproximou da entrada. Segurando os dois lados do batente, endireitou a coluna, como se algo lá dentro a estivesse afetando profundamente.

— Ah, sim, definitivamente há espíritos aqui. Escuto o chamado. Vocês não? — ela perguntou às pessoas reunidas.

★ 108 ★

OS ARTEIROS MÁGICOS: A SEGUNDA HISTÓRIA

Houve um murmúrio generalizado. Leila não soube dizer se as pessoas estavam concordando ou discordando. Particularmente, a menina não escutou barulho algum além do vento através das árvores e do apito de um trem ao longe. Voltando-se para os arteiros, Sandra acrescentou: — Venham. Preciso do auxílio de meus novos amigos. Nosso vínculo apenas ajudará a fortalecer a energia necessária para nos ligar ao *além*.

Leila olhou para os outros. Ridley estava com uma expressão cética. Carter parecia curioso. Theo tinha o semblante intrigado, como se precisasse ver e ouvir mais antes de tirar suas próprias conclusões. Olly e Izzy riam baixo de ansiedade. Leila sentiu um misto de todas essas emoções. Em conjunto, o grupo caminhou em direção à porta. Sandra pediu para ficarem em um círculo de mãos unidas. Disse a eles:

— Preciso que se concentrem. Escutem e fiquem em silêncio. — Ela fechou os olhos e começou a falar: — Caros amigos que estão perdidos e vagando... ouçam-me. Enviem um sinal.

A multidão começou a sussurrar e apontar para as janelas no alto. Pelo canto do olho, Leila pensou ver um movimento atrás de algumas das vidraças sem cortinas, mas, quando olhou direito, percebeu que as janelas estavam vazias. Calafrios perpassavam todo o seu corpo.

— É uma verdade universalmente conhecida — Sandra continuou — que criamos nosso lar onde nos sentimos

★ 109 ★

mais seguros, mais confortáveis. Sendo assim, os espíritos podem ver este hotel como seu lar. Eu entendo. Quem dentre nós gostaria de nunca mais sair do Carvalho Grandioso? — O público riu, e várias mãos se levantaram. — Mas, para que este hotel magnífico possa continuar com seus negócios, devo pedir a esses espíritos inoportunos que considerem se mudar.

No mesmo momento, algumas das janelas que davam para o pátio dos fundos começaram a tremer e a sacudir em seus caixilhos. Um murmúrio soou em meio à multidão, e Leila ficou boquiaberta.

Ridley ergueu os olhos para o prédio, uma sobrancelha levantada, como se tentasse descobrir o truque de Sandra. Leila queria acreditar. Se fosse um truque, era muito bem planejado.

— Não se zanguem! — Sandra gritou, erguendo a cabeça, como se em transe com o mundo espiritual. — Isso é para seu próprio bem! Encontrem a luz em meio às trevas. — As janelas tremeram ainda mais. — Sigam sua caminhada! Sigam para a luz! Para o calor! Encontrem seus entes queridos lá! Eles os ajudarão a encontrar seu novo lar!

Várias luzes brilharam atrás das janelas escurecidas. A multidão gritou, e Sandra estremeceu, pulando para o chão no centro do círculo de arteiros, caindo em quatro apoios. As crianças lhe deram espaço, como se ela também pudesse explodir em um clarão branco ofuscante.

OS ARTEIROS MÁGICOS: A SEGUNDA HISTÓRIA

Por um longo momento, Sandra tremeu como se sentisse um terremoto particular. Leila estava prestes a interromper a sessão, mas Sandra ergueu a mão, pedindo para ela esperar.

Um instante depois, Sandra se acalmou. Ergueu a cabeça. Seu rosto estava pálido, exausto. Ela se levantou e limpou a poeira, depois se virou e olhou o alto da ala abandonada.

— Eles atenderam ao meu pedido — ela disse ao público. — Seu hotel está livre de fantasmas agora!

A multidão começou a comemorar. Theo e os gêmeos Golden aplaudiram vigorosamente, mas não tanto quanto Leila, que aplaudiu ainda mais.

Os aplausos acabaram quando uma voz furiosa gritou dos fundos do pátio:

— O que significa isso tudo?!

DOZE

A multidão abriu espaço e um homem baixo de terno branco deu um passo à frente. Leila reconheceu o gerente do hotel na mesma hora — sr. Arnold. Ele tinha o cabelo escuro dividido precisamente no centro do couro cabeludo. Seu rosto vivia vermelho, mesmo quando não estava nervoso. Ele olhou para os funcionários ao redor, que estavam em meio à multidão. Eles baixaram os olhos e se espalharam para evitar o olhar.

— E então?! — ele questionou. — Do que se trata?

— Oi, sr. Arnold — cumprimentou Izzy, acenando como se pudesse simplesmente afugentar o mau humor dele com um giro do punho. — Madame Esmeralda estava fazendo uma sessão para nos livrar dos fantasmas que assombravam a ala dos fundos do casarão. Ela é incrível!

— Fantasmas? Quem falou algo sobre fantasmas?

OS ARTEIROS MÁGICOS: A SEGUNDA HISTÓRIA

O sr. Arnold observou a multidão, confirmando que nenhum dos hóspedes parecia incomodado.

— Madame Esmeralda é muito famosa — continuou Theo. — Ela se apresenta em todo o país. Diante de plateias enormes!

Os hóspedes do hotel que estavam assistindo bateram palmas. O sr. Arnold pareceu se banhar nos aplausos, como se fosse ele quem tivesse acabado de realizar um prodígio. Algumas mulheres se aproximaram de Sandra e lhe perguntaram se ela faria outra "apresentação" antes do fim da semana. Outros perguntaram sobre leituras particulares. Sandra tirou da manga o que pareciam cartões de visita. Depois de ver essas interações, a expressão do gerente passou de choque e frustração a gratidão amansada.

Ele apertou a mão de Sandra.

— Por coincidência, nosso destaque de daqui a duas noites cancelou — o sr. Arnold sussurrou para ela. — Seria uma honra se pudesse substituí-lo.

Sandra sorriu.

— Seria um prazer!

O sr. Arnold bateu as mãos.

— Maravilha! — exclamou. — Vou pedir para minha equipe começar a anunciar a apresentação imediatamente. Depois do que acabou de fazer e do jeito como as pessoas falam nessa cidade, a casa com certeza estará lotada.

Com um sorriso largo, ele se virou e conversou com os hóspedes do resort.

— Que emocionante! — disse Leila. — Vamos poder ver você no palco aqui no Carvalho Grandioso!

— Tudo correu perfeitamente — falou Theo.

— E é a vocês que devo agradecer — Sandra disse aos arteiros. — Me parecem melhores nisso do que meu agente! Bom, então, se tenho de montar um espetáculo, é melhor começar a me preparar. Vejo vocês em breve!

E, com isso, girou sua túnica e voltou a subir a trilha em direção à entrada principal.

— O que acabou de acontecer? — Ridley perguntou, pasma.

— Mágica? — sugeriu Carter.

Ridley continuou:

— Mas devemos acreditar? Tenho lá minhas dúvidas.

Leila estalou os lábios.

— Agora, acredito que estou com muita sede. Vamos ver meu papa na cozinha. Mal posso esperar para contar a ele o que acabou de acontecer.

— Ops! — Olly exclamou.

Um dos camundongos tinha saído do bolso de seu colete e subido até seu ombro.

— Te peguei! — disse Izzy, apanhando o roedor e o aninhando como um bebê. O outro camundongo espiou do bolso do colete de Izzy como se para ver o que estava acontecendo. — Olhe como são fofos! Talvez o Outro sr. Vernon possa lhes dar um pouco de água.

— Acho que devemos chamá-los de Ozzy e Illy — disse Ozzy... (Quero dizer, Olly.)

— Talvez fique meio confuso — disse Illy... (Quero dizer, Izzy.)

Izzy estava certa. Ficou meio confuso.

Na cozinha do resort, as crianças encontraram o Outro sr. Vernon colocando o que se tornariam pequenos suflês de chocolate em potinhos individuais.

— Ei, sr. V — Carter disse. — Podemos tomar um pouco de limonada?

— Claro, sirvam-se.

— Papa! — Leila praticamente gritou ao abraçar o pai. — Não vai adivinhar o que acabou de acontecer!

— Você tem toda razão — ele disse, inclinando o chapéu de chef. — Mas espero que me conte.

As palavras jorraram da boca de Leila. Enquanto ela contava os acontecimentos da última hora, Carter serviu copos de limonada gelada para todos. Quando Leila terminou a história, seu papa pareceu impressionado. Ele a envolveu em um grande abraço de urso.

— Sandra deve ter ficado tão contente. Aposto que vai reservar os melhores lugares da plateia para vocês.

— Estou intrigado para ver o que mais ela consegue fazer — disse Theo.

— Mas vamos falar sobre o que ela fez — disse Ridley.

— Ou sobre o que ela fez! — disse Olly.

— Feez-fez-isqui-bis-a-fezol-fezol-fez! — Izzy tentou improvisar.

Ridley revirou os olhos para os gêmeos, e eles ficaram quietos, subitamente interessados no que havia dentro dos bolsos de seus coletes.

— Tinha um monte de luzes fortes atrás das cortinas — disse Ridley. — Vocês não acham que ela podia tê-las controlado de alguma forma com, sei lá, eletricidade?

— Aposto que ela teve ajuda — disse Carter.

— Mas quem? — perguntou Leila. — Sandra não comentou nada sobre trazer um monte de gente para Mineral Wells.

— Talvez Sandra tenha montado tudo sozinha — Theo sugeriu. — Imagino que possa ter usado cordas ou talvez fios para manipular as janelas.

Embora Leila normalmente adorasse desmascarar farsantes e questionar ilusões, notou que estava estranhamente incomodada. Sandra era tão viajada, elegante e divertida; Leila queria que os arteiros lhe dessem o benefício da dúvida. Leila percebeu que estava prestes a pedir que os amigos parassem, quando o Outro sr. Vernon perguntou:

— O que é isso?!

Ele apontou a colher para os focinhos de camundongo saindo dos bolsos de Olly e Izzy.

— Hm... definitivamente não são camundongos — Olly mentiu.

— Fora da minha cozinha! — o Outro sr. Vernon

exclamou. — Amo vocês, crianças, mas têm violação de código sanitário escrito na testa de seus novos amiguinhos de bolso. Já para fora, por favor!

— Obrigado pela limonada — Carter agradeceu, empurrando Olly e Izzy.

— Te amo, papa — Leila acrescentou, seguindo o grupo para o salão do outro lado da porta.

— Que feio, Ozzy e Illy! — Olly disse. — Vocês não vão ganhar queijinho!

— Vamos levar nossos camundongos para casa. Temos ensaio — Izzy comentou.

— E o resto de nós também precisa ir — Ridley disse. — Tenho um truque novo em casa que exige minha atenção.

Enquanto as crianças atravessavam o salão, Leila observou as poltronas de encosto alto e couro plissado e as mesas de canto de madeira escura e grossa dispostas em pequenas áreas de estar. Troféus de cabeças de alces, cervos e ursos ficavam pendurados nas paredes. Vasos de plantas enormes, samambaias, figueiras com folhas em forma de violinos, e aves de plantas paradisíacas verdejavam o espaço, dando privacidade às pessoas sentadas, lendo jornal ou se reunindo em conversas murmuradas. Quando se mudou para Mineral Wells, Leila brincava sozinha nesse cômodo, se escondendo em meio às plantas grandiosas, fingindo que os troféus de animais a estavam caçando e que ela precisava ser muito sorrateira para escapar deles. Ela sorriu com a lembrança feliz.

Os arteiros estavam quase na saída quando ouviram

a voz de Sandra de algum lugar próximo, fazendo Leila parar de repente.

— Sandra ainda está aqui embaixo — ela disse.

— Onde? — Ridley perguntou. — Não estou vendo.

— Ali — Carter apontou para um canto distante do saguão.

A mulher estava sentada sozinha em uma das poltronas de couro, com o semblante preocupado. Ela estava inclinada como se tentasse se esconder em meio às folhas de uma das plantas decorativas gigantes.

Leila puxou o grupo para trás de uma coluna larga.

— O que há de errado? — ela perguntou. — Acham que está bem?

— Ela parece estar falando sozinha — disse Theo.

— Mas o que está dizendo? Vocês acham que ela ainda está tentando se comunicar com os fantasmas do hotel?

Ridley suspirou.

— Há muitos motivos para ela estar falando sozinha. Vai ver está repassando a apresentação mentalmente. Pode estar pensando nos materiais necessários. Ou talvez seja só doida varrida.

— Isso não foi nada gentil, Ridley — Leila disse.

— Nunca disse que eu era gentil — Ridley retrucou com um sorrisinho maroto.

— Eu e Izzy sempre falamos sozinhos — disse Olly. — E somos perfeitamente normais.

— Também somos normalmente perfeitos — Izzy

acrescentou com um floreio de sapateado. — Bom, pelo menos eu sou.

Da privacidade de sua poltrona de couro, Sandra sussurrou aparentemente para ninguém.

— De jeito nenhum! Não vou fazer isso!

Espiando pela lateral da coluna, Leila pôde ver que o rosto da mulher estava ficando vermelho. Sandra estava à beira das lágrimas. Leila deu um passo à frente e correu até lá.

— Está tudo bem?

Alvoroçada, Sandra se levantou de repente.

— Leila! O que está fazendo aqui?

Leila balbuciou:

— Eu... eu... — Mas não saiu mais nada de sua boca.

— Está tudo ótimo — disse Sandra, a expressão temerosa se transformando em um sorriso tristonho. — Preciso subir até o meu quarto agora. Mas entrarei em contato, está bem? Lembre-se de contar a Dante sobre o show. Detestaria que ele perdesse a apresentação.

— Hm, está bem.

Ela piscou e, quando voltou a abrir os olhos, a mulher já estava correndo em direção à escada do lobby.

Os outros chegaram em silêncio atrás.

— O que foi isso? — perguntou Theo.

As bochechas de Leila coraram, mas ela forçou um sorriso.

— Não sei bem.

Na noite desse dia, Leila e Carter se sentaram sob a luz de uma vela comprida e tomaram refrigerante com o sr. Vernon na sala de visitas do apartamento. O coaxar das rãs arborícolas entrava pelas janelas abertas enquanto Carter contava a ele sobre o dia. O sr. Vernon estalou os dedos distraidamente na chama, fazendo-a mudar de amarela para verde, para azul, para vermelha. Toda vez que mudava, Carter dava uma risadinha. Leila estava estranhamente quieta.

Finalmente, ela rompeu seu silêncio:

— Pai, o Círculo de Esmeralda ficava muito no Resort do Carvalho Grandioso?

O sr. Vernon pareceu pensar sobre como responder.

— Sim, ficava. Bastante, na verdade, na ala dos fundos do casarão, quando ainda era habitável. Mas fomos nos afastando com o tempo.

— Que estranho — disse Carter. — Sandra não comentou nada.

Leila queria perguntar ao pai sobre o incêndio que Carter não havia mencionado, mas temia que discutir esse boato fecharia a abertura repentina dele.

— Não é nada estranho — o sr. Vernon disse. — Os melhores mágicos sabem como controlar a atenção de seu público. O que quer que tenha acontecido hoje, essas histórias de assombração seguidas por uma sessão, aconteceu porque Sandra queria que acontecesse.

OS ARTEIROS MÁGICOS: A SEGUNDA HISTÓRIA

— Como assim? — perguntou Leila.

— Deixe-me perguntar uma coisa: quando os boatos sobre fantasmas no Carvalho Grandioso começaram?

— Olly e Izzy disseram que foi apenas recentemente — Carter respondeu.

— Interessante! — o sr. Vernon deu um gole em seu chá.

— O que tem de interessante? — perguntou Leila.

O sr. Vernon lambeu o bigode, como se para fingir que não estava ouvindo.

— Acho que o que ele está querendo dizer é que existe uma relação entre Sandra chegar ao Carvalho Grandioso e o começo dos rumores sobre assombração.

— É mesmo uma coincidência estranha — disse o sr. Vernon.

— Mas talvez não seja uma coincidência. Certo, pai?

O homem de cachos brancos ficou olhando pela janela, um sorriso se abrindo no rosto.

— Ora, ora... finalmente parece estar esfriando! Estão sentindo a brisa?

Leila resmungou. Seu pai estava de novo lhe dando uma pista pequenina e esperando que ela descobrisse exatamente o que se passava pela cabeça dele.

— Então está dizendo que Sandra planejou tudo?

O sr. Vernon finalmente olhou para ela.

— Os truques dos mágicos às vezes exigem longas preparações antes de gerarem frutos.

— O senhor pode nos contar mais sobre seu antigo

clube, sr. Vernon? — Carter pediu. — O que faziam em suas reuniões? Quem eram os seus outros amigos?

— Ah, não éramos tão diferentes do seu clube de mágica. — O sr. Vernon bocejou e se levantou. — Mas já está tão tarde! Receio que outras histórias só farão vocês pegarem no sono de tédio. Se ao menos houvesse um lugar em Mineral Wells onde desse para buscar todas as respostas para suas perguntas. — Ele foi até a cozinha para deixar o copo vazio na pia. Depois gritou: — Boa noite!

— Um lugar em Mineral Wells? — Carter repetiu para Leila.

— Mais uma pista — ela disse, revirando os olhos, achando graça por seu pai ser tão previsível... e ao mesmo tempo... não.

— Seria mais fácil se ele simplesmente nos contasse! — Carter disse, rindo.

Leila ergueu as sobrancelhas.

— Já sabemos que Dante Vernon não facilita as coisas.

E, com isso, os dois deram outro abraço rápido e foram cada um para sua cama.

Mas não foram dormir. Não imediatamente. Leila ouviu Carter batendo na parede entre seus quartos. As batidas seguiam um padrão fácil de reconhecer. A tarefa de código Morse de Ridley.

As batidas dele soaram novamente:

$$—\bullet \quad \bullet \quad —\bullet \quad \bullet\bullet\bullet\bullet \quad \bullet\bullet— \quad —— \quad /$$

OS ARTEIROS MÁGICOS: A SEGUNDA HISTÓRIA

••—• •— —• — •— ••• —— •— /

•— ——•— ••— •• /

•••• ——— •——— •

Leila apertou a chave junto ao peito. Ela bateu na parede ao lado da cama:

—••• ——— •— / —• ——— •• — • /

—•—• •— •—• — • •—•

Depois disso, as batidas pararam. E o coaxar das rãs arborícolas lá fora era como uma canção de ninar, botando Leila para dormir.

TREZE

Eu sei, eu sei... Você deve estar pensando: "De novo essa superstição com o número treze?".

Devo responder: superstições não são fáceis de exterminar. Quem de vocês não tem um calafrio quando um gato preto cruza seu caminho? Você evita andar embaixo de escadas? E o que acha de espelhos quebrados? Sete anos podem parecer uma eternidade quando o assunto é azar!

Assim como no primeiro livro, acho melhor pularmos este capítulo. Enquanto trabalho meu medo do número treze, por que não aproveita uma apresentação da Cartola de Ridley?

OS ARTEIROS MÁGICOS: A SEGUNDA HISTÓRIA

Essa coelhinha não faz muita coisa, não é? Além de agitar o focinho fofo, quero dizer. Ótimo! Bom, vamos voltar ao que importa. Siga em frente e vire a página...

CATORZE

Depois do café da manhã, Leila e Carter se encontraram na sala secreta nos fundos da loja de mágica antes de abrir.

— Estava pensando — Leila sussurrou.

— De novo? — Carter perguntou com um sorriso largo.

— Ontem à noite, antes de dormir, meu pai mencionou que ele e seus amigos se encontravam na ala dos fundos do casarão. E se tiver sido uma indireta para irmos até lá? Se queremos respostas sobre o antigo clube, a ala abandonada pode ser o lugar certo para encontrá-las.

— Verdade — Carter concordou. — Mesmo que não seja isso o que ele quis dizer, vale a expedição.

— Vamos chamar os outros e ver se podem nos encontrar lá depois que meu pai voltar do mercado — disse Leila.

OS ARTEIROS MÁGICOS: A SEGUNDA HISTÓRIA

Uma batida soou na porta da loja. Leila e Carter saltaram para fora da sala secreta e fecharam a entrada em silêncio. Leila deu a volta pelo corredor e, para sua surpresa, se deparou com Sandra acenando pela janela. O cabelo dela estava amarrado em um rabo de cavalo desgrenhado, e ela estava usando um avental azul sujo e uma calça jeans escura. O único indício de que a Madame Esmeralda verdadeira estava ali eram os brincos em forma de estrelas brancas de sempre. Leila destrancou a porta e a deixou entrar.

— Bom dia, meus amigos! — Sandra exclamou.

— Oi, Sandra! — disse Leila.

— Está preparada para o show? — perguntou Carter.

— Virei a noite repassando meu número habitual — disse Sandra. — Hoje, estou fazendo uma faxina na minha casa na esquina e pensei em dar uma passadinha aqui para fazer uma proposta para Leila.

Ela tirou um baralho grande de cartas coloridas do bolso da calça jeans e deu uma embaralhada rápida. Em seguida, as dispôs no balcão em formato de leque antes de tirar uma carta do centro e virá-la. A imagem era diferente de qualquer figura que Leila já tinha visto nos baralhos normais de seu pai: uma ilustração elaborada exibindo uma mulher ajoelhada perto de uma piscina natural sob a luz de sete estrelas no céu. A mulher da figura entornava a água de dois jarros — um caía dentro da piscina, e o outro, na terra.

★ 127 ★

— Minhas cartas de tarô pre-
veem... que você vai dizer... *sim*!
— Não é melhor eu ouvir
a pergunta antes? — Leila
interrogou.
— Creio que sim. —
Sandra riu. — Ficaria honrada
se aceitasse ser meu número de
abertura no Grandioso Teatro.

Leila olhou para Carter, que a
ficou encarando, boquiaberto.

— Quer que eu seja seu número de abertura? — Ela
se sentiu zonza. — *Amanhã à noite?*

Sandra assentiu, esperançosa.

— Estupendo! — exclamou Carter.

— Mas por que eu? — perguntou Leila. — Por que não
os outros arteiros?

— Não temos tempo para todos exibirem suas habilidades. Mas você é talentosa e entusiasmada, e acho que vai se
dar bem. Não acha que Dante vai adorar ver você no palco?

— Espero que sim — Leila respondeu, hesitante.

— Não se preocupe — disse Carter. — Vou lhe dar
dicas de como entreter o público.

— Ela já sabe — disse Sandra. — Ela é Leila Vernon.
Pode fazer qualquer coisa!

OS ARTEIROS MÁGICOS: A SEGUNDA HISTÓRIA

Carter e Leila estavam sentados no chão da loja, cortando e amarrando pedaços de cordas uns nos outros enquanto se preparavam para o primeiro número solo de Leila. O sr. Vernon entrou pela porta da frente, seguido por Theo e Ridley.

— Vejam quem encontrei perambulando lá fora — disse o sr. Vernon.

— Não sei o que seria de nós se ele não nos tivesse encontrado — disse Ridley.

— Poderíamos ficar zanzando a esmo para todo o sempre — Theo acrescentou com seu sorriso descontraído.

O sr. Vernon apontou para a bagunça de nós no chão entre Leila e Carter.

— Estão planejando amarrar várias pessoas pequeninas nesta manhã?

— Melhor ainda! — disse Carter, cutucando Leila. — Vá em frente, conte!

O rosto de Leila ficou vermelho.

— Sandra passou aqui e me pediu para ser o número de abertura dela amanhã à noite no Carvalho Grandioso.

— Que demais! — Ridley gritou com o punho erguido.

— Parabéns, Leila — disse Theo. — Você merece, com toda certeza.

O sr. Vernon se ajoelhou e a envolveu em seus braços, dando-lhe um abraço caloroso.

— É realmente espetacular, filha — ele sussurrou em seu ouvido.

★ 129 ★

NEIL PATRICK HARRIS

— Estamos pensando em como deve ser o número — contou Carter. Ele estalou os dedos e um par de algemas pequeninas surgiram em sua mão. — Sugeri usar isso.

Leila pegou o acessório dele, fechou as algemas minúsculas em volta dos polegares, e ergueu as mãos para mostrar aos outros.

— Não acho que o efeito será grande o bastante para o palco do Carvalho Grandioso. — Ela contorceu os dedos e as algemas caíram no chão com um pequeno estrépito. — Viram? Não impressiona.

— *Eu* fico impressionado — Theo disse, examinando as algemas pequeninas.

Leila olhou para o sr. Vernon.

— Queria que meu pai nos ensinasse a fazer o número incrível de fuga que o vi fazer no dia em que o conheci. Aquele com os assistentes mascarados, e o capuz de tecido.

— Aquele que eu e meus amigos levamos meses de prática para fazer? — disse o sr. Vernon.

O sorriso de Leila escondeu sua decepção.

— Algum dia você vai me ensinar, né?

— Claro! Mas quando tivermos mais tempo.

— Sandra disse que o show começa às vinte horas amanhã. Você estará lá... certo, pai?

O sr. Vernon franziu a testa.

— Desculpe, filha. Tenho um compromisso impres- cindível na loja nesse horário.

OS ARTEIROS MÁGICOS: A SEGUNDA HISTÓRIA

Leila não conseguiu acreditar nos próprios ouvidos.

— Mais importante do que minha primeira apresentação solo? Vou estar sozinha no palco do Grandioso Teatro. E Sandra quer muito que você esteja presente.

— Tenho certeza de que ela quer — o sr. Vernon respondeu. — Mas seu papa irá. E todos os seus amigos. Não lhe faltará apoio. A cidade inteira estará presente!

— Mas não quero a cidade inteira! Quero você!

— Nesse caso — disse o sr. Vernon, se empertigando ainda mais —, teremos uma apresentação exclusiva na Loja Mágica de Vernon quando voltar. — Ele fez um floreio de apresentador. — *Bis de Leila!* Que tal? — Leila fechou a cara. No mesmo instante, o sr. Vernon se abrandou, aproximando-se dela. — Sinto muitíssimo. Se houvesse alguma outra forma... mas não há. Compensarei para você. *Prometo.*

Ele estendeu a mão, e um buquê de flores de plumas cor-de-rosa apareceu em um piscar de olhos. Enquanto as pegava, ela não conseguiu evitar o sorriso tristonho.

★ 131 ★

QUINZE

Depois de passarem a maior parte do dia se preparando para o número de Leila, Carter a arrastou lá fora para um descanso mais que merecido.

— Aonde estamos indo? — ela perguntou.

— Encontrar nossos amigos no Resort do Carvalho Grandioso — Carter respondeu com um sorriso astuto.

Theo e Ridley estavam no pátio dos fundos. Agora, só faltavam Olly e Izzy chegarem. A luz do fim da tarde atravessava as árvores, lançando sombras mosqueadas sobre as paredes do casarão. Leila pensou nas luzes estranhas que tinha visto nas janelas durante a sessão de Madame Esmeralda. Juntos, os quatro arteiros tentaram adivinhar o que encontrariam no velho casarão. Ridley estava ansiosa inclinada na cadeira, olhando fixamente para a porta da ala

OS ARTEIROS MÁGICOS: A SEGUNDA HISTÓRIA

abandonada. Estava entreaberta. Um feixe de sombras os encarava.

— Aquele mensageiro deve ter esquecido de trancar a porta ontem — Ridley comentou.

— Ou talvez um fantasma a destrancou para nós — Theo sugeriu.

— Não sei se acredito em fantasmas — Leila disse —, mas esse lugar me dá arrepios.

— Em mim também — disse Theo.

— E em mim — Carter acrescentou com um sorriso. — Mas não estamos aqui para investigar fantasmas. Estamos aqui para aprender mais sobre o Círculo de Esmeralda. Vamos deixar os medos do sobrenatural de lado por enquanto.

Mais uma vez, Leila apertou a chave junto ao peito. Era bom ter algo em que se apoiar. A chave lhe dava uma sensação de segurança, bem como ter seus amigos por perto.

— *Sempre juntos* — uma voz disse em sua orelha.

— *Nunca separados* — acrescentou outra na outra orelha.

Leila não soube em que direção se virar. Mas, quando se virou, viu que Olly e Izzy tinham se juntado furtivamente aos arteiros, como sempre.

— Onde está a Madame Esmeralda? — perguntou Olly, erguendo um dos camundongos.

Izzy ergueu o seu e acrescentou:

— Queríamos mostrar para ela o truque que ensinamos a Ozzy e Illy.

★ 133 ★

— Pensei que fosse *Olly* e *Izzy* — disse Ridley, franzindo a testa.

— Esses somos nós — disse Izzy. — Estes *aqui* são Ozzy e Illy.

— Sandra está no auditório se preparando para o show — Leila interrompeu, antes que a conversa ficasse ainda mais exasperadora.

— Estamos muito felizes por você! — disse Olly.

— Parabéns, Leila! — disse Izzy. — É muito importante ser o número de abertura no Grandioso Teatro. Pense nos números de abertura que aqueceram os públicos para todos os grandes artistas ao longo dos anos!

Ridley pareceu curiosa.

— Como quem, por exemplo?

Olly e Izzy se entreolharam, depois encolheram os ombros.

— Bom, obrigada. — Leila fez uma reverência graciosa.

— Qual é o truque? — Theo perguntou aos gêmeos, apontando para os camundongos.

— Ah, sim. — Olly levantou seu camundongo de novo. Izzy ergueu o dela ao lado do outro. Ele balançou os dedos entre os dois roedores. — Eu os hipnotizei para *pararem de falar!* — Todos ficaram esperando. Os camundongos não fizeram nada além de farejar o ar.

— Eles aprendem rápido — disse Izzy.

— Chega a ser impressionante! — disse Olly. — Não é?

— Querem *mesmo* que eu responda? — questionou Ridley.

OS ARTEIROS MÁGICOS: A SEGUNDA HISTÓRIA

Olly e Izzy fizeram que não. Eles estavam acostumados a receber críticas sobre suas apresentações, mas não de Ridley.

(Amigos, tomem nota: às vezes, sua plateia não vai reagir como você gostaria. Na maioria das vezes, não dá para fugir correndo do palco e se esconder, então é uma boa aprender a deixar as palavras entrarem por um ouvido e saírem pelo outro, sem se deixar afetar.)

Ridley suspirou.

— Certo, agora que *isso* acabou, quem está pronto para a exploração?

— Se a porta já está destrancada, é errado entrar? — Leila pensou alto enquanto empurrava a porta, que rangeu até finalmente parar, e o casarão convidou as crianças a entrarem.

— É *questionável* — disse Carter, entrando na frente. Os outros foram atrás. — Vou perguntar para meu tio criminoso na próxima vez que o vir, o que espero que seja *nunca*.

A entrada estava cheia de entulho — sacos de cimento, móveis de jardim quebrados, bastões de críquete cobertos de pó, botes e remos desgastados —, tudo empilhado nas paredes. Essa parte do hotel tinha sido fechada havia tanto tempo que todas as superfícies estavam cobertas de poeira.

— Olhem ali — disse Theo, apontando para o chão. — Pegadas.

— Parece que alguém esteve aqui recentemente — Carter sussurrou.

★ 135 ★

— O mensageiro comentou que usam essa área como depósito — Ridley lembrou.

— Pelo menos são pegadas humanas — disse Izzy. Quando os outros a olharam esquisito, ela encolheu os ombros. — Não quis dizer monstros. Poderiam ser pegadas de um guaxinim raivoso.

— Ou de um coiote — Olly acrescentou.

— Ou de um urso — Izzy continuou.

— Ou de um macaco! — exclamou Carter.

Os arteiros abriram caminho para a cadeira de Ridley poder passar, depois seguiram até o corredor principal. Vários feixes de luz do sol caíam pelo espaço, nuvens de poeira girando preguiçosamente sob a luz. Ao fim do corredor, outra porta esperava. Esta, porém, estava trancada com cadeado.

Leila avançou.

— Este cadeado é moleza! — Ela tirou suas ferramentas do bolso e pôs mãos à obra. Em pouco tempo, o cadeado e as correntes estavam no chão, e os arteiros continuaram. O corredor seguinte era mais escuro, coberto de sombras e teias de aranha e um cheiro de mofo que dava vontade de tossir. Portas fechadas cercavam os dois lados do corredor.

— Seu pai mencionou *onde* na ala abandonada o Círculo de Esmeralda se reunia? — Theo questionou quando chegaram a uma escadaria. Um dos lances subia para o segundo andar; o outro descia para um porão escuro.

★ 136 ★

OS ARTEIROS MÁGICOS: A SEGUNDA HISTÓRIA

— É claro que não — respondeu Leila. — Meu pai nunca dá a resposta de mão beijada a menos que absolutamente necessário.

— O sr. Vernon está nos treinando para pensar por conta própria — Carter acrescentou.

— Treinar é para animais — disse Ridley. — Ele podia falar logo de uma vez!

— Acho que só precisamos olhar um pouco em volta — disse Leila. — Olly e Izzy, deem uma olhada nas salas desse lado do corredor — sugeriu. — Ridley e Eu vamos explorar este lado. E Theo e Carter podem ficar de guarda no meio.

— *Nós?* — Theo e Carter exclamaram ao mesmo tempo.

— A menos que estejam com medo — Leila provocou.

— Posso responder por mim apenas — disse Theo. — A resposta é *sim*, estou. Mas não vou fugir da missão. Carter também não.

Carter estremeceu.

— É.

— Beleza, então — disse Ridley. — Vamos nos encontrar aqui em dez minutos. Ou gritem caso encontrem alguma coisa.

— E lembrem-se de gritar se virem um fantasma — disse Leila.

— Bobinha — disse Izzy. — Madame Esmeralda expulsou todos os fantasmas ontem! — Como ninguém disse nada, ela acrescentou: — *Não expulsou?*

Leila e Ridley foram de porta em porta, espiando

★ 137 ★

dentro dos cômodos escuros. Estavam quase todos vazios. Em alguns, havia papel de parede descascado caindo em lascas grandes. Em alguns quartos, móveis atulhados nos cantos, e tapetes enrolados e empilhados uns em cima dos outros. Com a exceção de um único rastro de pegadas na poeira que seguia para o corredor, parecia fazer décadas que ninguém encostava em nada ali.

Ridley pegou Leila pelo punho e a impediu de abrir outra porta.

— Você anda estranha esta semana. Estou preocupada.

Leila tentou disfarçar.

— Estranha? Em que sentido?

Ridley estendeu a mão para Leila apertar. Leila a segurou, se perguntando que truque sua amiga tinha na manga. Depois que Ridley soltou, Leila espiou a palma: a palavra *estranha* tinha aparecido em tinta preta na sua pele.

— *Nesse* sentido. — Ridley sorriu. — Mas, sério, está tudo bem?

Leila riu.

— Não faço ideia do que você está falando.

— No começo, pensei que o macaco do Bosso aparecendo na sua casa no meio da noite estivesse incomodando. Mas, quando parei para pensar, percebi que havia algo errado desde antes. Você não é mais a mesma desde a tentativa de roubo do diamante.

Leila percebeu que estava levando a mão para a chave no pescoço.

OS ARTEIROS MÁGICOS: A SEGUNDA HISTÓRIA

— Acho que foi meio assustador ver minhas pessoas prediletas em perigo daquele jeito.

Ridley fitou Leila em silêncio por alguns segundos.

— Faz sentido. Só saiba que se precisar conversar sobre *qualquer coisa...* estou aqui para escutar. Todos estamos. Os arteiros, quero dizer.

— Ah, eu sei disso, Ridley. — Leila apertou o ombro da amiga. — Nem precisava dizer.

— Mas é essa a questão — Ridley respondeu. — Acho que precisava sim.

Leila sabia que Ridley estava certa. Havia muita coisa na vida de Leila que ela nunca havia contado a ninguém em Mineral Wells, nem mesmo a seus pais. Ela não queria que sentissem pena. Era mais fácil guardar essas memórias antigas e escondê-las atrás de um sorriso.

Sabe, a questão é que, se sorrir o suficiente, isso pode deixar você mais feliz de verdade. Leila tinha aprendido isso desde pequena. Era um de seus melhores truques.

A preocupação de Ridley tocou o coração de Leila. Ela poderia chorar ou confessar tudo a Ridley se não fizesse alguma coisa. Por isso, estendeu a mão e girou a maçaneta. Espiando no escuro, conseguiu distinguir cartazes emoldurados na parede oposta. Os nomes pareciam conhecidos. Ela os tinha visto em livros e nos retratos que decoravam a Loja Mágica de Vernon. *Thurston. Kellar. Houdini. Alexander: O homem que sabe.*

— Achamos! — Leila entrou correndo na sala, seguida por Ridley.

Sob a luz fraca, admiraram os velhos cartazes com anúncios de apresentações antigas no Grandioso Teatro. Leila levou a mão à cortina de uma janela para abri-la e deixar a luz entrar no quarto.

Mas Ridley exclamou:

— Pare! — E Leila ficou paralisada. — Alguém lá fora pode nos ver. Sei que a porta dos fundos estava aberta, mas duvido que o gerente ficaria feliz por termos entrado sem avisar. Tenho uma solução melhor. — Aproximando-se de onde Leila estava, Ridley abaixou a voz e disse: — *Veja só*.

Erguendo a mão direita, ela estalou os dedos. Uma chama flutuou poucos centímetros acima de seu dedo, oferecendo luz suficiente para Leila enxergar. Leila exclamou, surpresa, e bateu palmas na sequência.

Sob a luz bruxuleante dos dedos de Ridley, Leila notou mais de uma dezena de símbolos entalhados em uma parte da parede.

— Uau — Leila sussurrou.

Ela passou os dedos pelos entalhes, como se pudesse lê-los assim. Muitos eram simplesmente os naipes de cartas de baralho: ouros, paus, copas e espadas. Dentro de alguns dos corações do naipe de copas, alguém havia entalhado o que pareciam iniciais:

— Se foram deixados pelo Círculo de Esmeralda — Leila pensou alto —, quem eram K e A?

— Não sei — Ridley respondeu —, mas algumas dessas iniciais parecem riscadas. Que estranho. Acho que alguém passou por um término complicado.

Leila examinou a parede.

— Ou alguém entalhou as iniciais, e outra as riscou. E a primeira veio e as entalhou de novo. E a outra voltou e as riscou de novo.

— Hmm. Se for verdade, pode ser um dos motivos por que o clube de mágica se rompeu. *Amor.* — Ridley disse a última palavra como se estivesse mastigando um bocado grande de dobradinha.

— Você acha que esse amor pode ter se transformado em *ódio*? — Leila perguntou, curiosa sobre o papel que seu pai devia ter representado nesse jogo antigo.

Ridley suspirou.

— O amor não precisa se transformar em nada diferente para alguém sair ferido. Ao menos, foi o que aprendi lendo os romances da minha mãe. *Eu* nunca me apaixonei.

Leila riu entre dentes.

— Eu também não.

Ela olhou para as iniciais e os símbolos, imaginando o drama que devia ter se desenrolado naquela sala. Será que seu pai e o pai de Carter tinham praticado seus primeiros truques de mágica ali? Será que debatiam quem deveria ou não entrar para o Círculo de Esmeralda? Será que foi nessa sala que o velho clube havia se rompido?

— Olhe ali. Aqueles símbolos são diferentes.

Logo abaixo do cartaz anunciando um espetáculo de *Alexander: O homem que sabe*, outros entalhes se destacavam. Eram mais detalhados do que os simples naipes de cartas de baralho. O primeiro parecia um graveto com folhas crescendo. O segundo era uma estrela dentro de um círculo. Outro parecia um cálice. O último símbolo estava semiescondido na parede sob o cartaz. Leila tirou a moldura, descobrindo que se tratava de uma espada.

— Já vi isso antes — afirmou Leila.

Os olhos de Ridley se iluminaram ao reconhecer.

— Bastão, moeda, taça e espada. São naipes de um

OS ARTEIROS MÁGICOS: A SEGUNDA HISTÓRIA

baralho de cartas. Cartas de tarô. Cartomantes usam para prever o futuro.

— Sandra levou um baralho hoje de manhã! — disse Leila. — Acho que meu pai tem alguns baralhos de tarô no escritório. Ele não usa. Mas gosta das ilustrações.

— Faria sentido, então, se Sandra tiver entalhado esses símbolos aqui muito tempo atrás — Ridley comentou. — A pergunta é: *por quê?*

Leila olhou para o verso do cartaz e levou um susto. Virou a moldura para Ridley ver a tinta preta rabiscada no papelão. Era uma frase. Uma *mensagem*. Ridley se inclinou para perto enquanto Leila se agachava e se sentava nos tornozelos.

Leila deu o quadro para Ridley e foi até a porta, chamando os outros:

— Ei! Encontramos uma coisa!

Todos os arteiros vieram correndo. Ao notar os entalhes na parede, Carter disse:

— Símbolos do tarô. — Ele olhou para Leila, parecendo lembrar da adivinhação naquela manhã. — Sandra esteve aqui?

— Muito tempo atrás, talvez.

Eles se reuniram ao redor da cadeira de Ridley e examinaram a inscrição no verso do cartaz emoldurado sob a luz da chama do dedo dela. Theo leu a mensagem em voz alta:

— *Onde a ação encontra o pensamento, descobrimos a recompensa.*

— Parece um tipo de pacto — disse Leila.

NEIL PATRICK HARRIS

Ridley concordou com a cabeça.

— Talvez seja o lema que o Círculo de Esmeralda usava para começar seus encontros.

— Ou talvez um código secreto — disse Carter.

— Ou uma charada — Izzy sugeriu.

— Ah, adoramos charadas! — disse Olly. — Certo, Izzy?

— Total-mente! Aqui vai uma: o que um fantasma perguntou ao outro?

— Essa eu sei! Essa eu sei! — disse Olly. — "Você acredita em pessoas?"

— *Se* for uma charada — continuou Leila —, talvez Sandra a tenha deixado para guiar *alguém* na direção de algo.

— Ou de alguém — disse Carter.

— Ou de *algum lugar* — Theo acrescentou.

— Para aonde quer que estivesse apontando — disse Leila —, eu aposto que ainda está aqui, em alguma parte da ala abandonada.

— Mesmo depois de todo esse tempo? — perguntou Ridley. — Segundo o mensageiro Dean, houve aquele incêndio... — Ela contorceu os dedos e a chama soltou faísca. — Depois o vazamento... — Ela se mexeu na cadeira de rodas, e uma névoa fina disparou dos guidões, borrifando o grupo. Eles se assustaram e pularam para trás enquanto Ridley ria. — E depois os cupins.

Ela mexeu o cotovelo, um dos compartimentos secretos se abriu, e insetos de plástico da loja de Vernon saltaram para fora, fazendo todos se sobressaltarem, surpresos.

★ 144 ★

OS ARTEIROS MÁGICOS: A SEGUNDA HISTÓRIA

— Inteligente — disse Carter, impressionado.

Leila não se deixou distrair.

— Não vai fazer mal continuar procurando.

— Não encontramos nada do outro lado do corredor — disse Olly.

— Tirando algumas ratoeiras — disse Izzy —, mas ficamos longe.

Ela espiou dentro do bolso para garantir que seu camundongo estava são e salvo.

— Tinha um lance de escadas no fim do corredor — disse Theo. — Acho que leva para um porão.

Os arteiros se entreolharam com medo no rosto. Carter foi o primeiro a falar:

— Se há algo que aprendemos, é que os lugares mais assustadores abrigam as maiores recompensas.

— Recompensas — Leila repetiu. — Exatamente como *onde a ação encontra o pensamento*. Venham, todos. Sigam-me!

DEZESSEIS

Olhando para a escuridão do alto da escada, Theo teve que perguntar:

— Vocês têm certeza de que querem fazer isso?

— Pode esperar aqui em cima comigo se quiser — disse Ridley. — Não tenho como descer.

— Seremos rápidos — afirmou Leila.

Carter tirou a lanterna da bolsa.

— Sabe, existem outras coisas além de fantasmas que deveriam nos meter medo. Então, todos tenham cuidado — ele disse, descendo o primeiro degrau. Leila, Theo e Olly seguiram devagar atrás dele. Ridley e Izzy ficaram para trás.

Ao pé da escada, a lanterna de Carter passou pelo chão de pedra e pelas vigas cobertas de teias de aranha no alto. Leila mal conseguia enxergar. Ouviu os passos dos outros atrás dela. Theo e Olly a rodearam, apertando seus braços. Estava tão quieto que Leila conseguia ouvir a respiração de seus amigos. Sentiu algo encostar em seu tornozelo, como um barbante ou um fio, e quase tropeçou.

Mas, antes que pudesse ver o que era, algo alto e pálido surgiu no canto mais distante. Leila levou um susto quando Carter apontou a lanterna para aquilo. Como algo saído de um pesadelo, *um esqueleto humano* saltou para fora!

Seus braços e pernas chacoalhavam conforme ele avançava devagar na direção dela. Carter ficou paralisado, a lanterna tremendo em sua mão. Olly e Theo gritaram, e Leila

saltou para longe. O esqueleto avançou, sacolejante, depois, para a surpresa dela, tombou estatelado no chão.

Do alto da escada, Ridley gritou:

— Está tudo bem aí embaixo?

Carter se aproximou devagar da pilha de ossos, segurando a lanterna com firmeza. Leila engoliu em seco o nó que havia se formado em sua garganta; ela estava com medo de que a coisa voltasse a se levantar e atacasse.

— Fios — Carter sussurrou consigo mesmo.

Ele estendeu a mão e pegou o que pareciam linhas de pesca penduradas de um corrimão. Leila entreviu a luz refletida neles.

— Que estranho — disse Theo.

Havia uma linha amarrada às vigas. Seguindo a luz, Leila viu onde a linha se originava: um canto distante dali. Seu rosto se iluminou como uma fogueira quando Carter virou a lanterna e a cegou por um momento.

— Ei! — Ridley gritou. — Vocês estão nos botando medo aqui em cima!

— Não se preocupem — Leila gritou. — Foi só um susto.

— Vou buscá-las — disse Olly. Ele voltou a subir a escada correndo.

Carter foi até o canto, explorando o lugar de onde o esqueleto havia saído. Leila correu até ele, sem querer ser deixada no escuro.

— O que foi? — perguntou Ridley, descendo a escada

OS ARTEIROS MÁGICOS: A SEGUNDA HISTÓRIA

na cadeira com a ajuda de Olly e Izzy, degrau por degrau, cuidadosamente.

— Uma armadilha — disse Theo, olhando para a linha no alto. — Alguém colocou um fio e um esqueleto falso. Deve haver um sistema escondido de polias em algum lugar. Com o tempo, os fios devem ter se desgastado. Por isso, o esqueleto caiu.

— Mas por que montar uma armadilha? — Olly perguntou, colocando a mão no bolso e tirando o camundongo. Ele o aninhou junto do nariz.

Izzy cutucou o ombro dele.

— Para armar uma *dilha* é que não foi!

Carter riu.

— Não, foi para afugentar as pessoas. Um truque clássico.

— Foi antes ou depois do incêndio, da inundação, do mofo e da infestação? — Ridley perguntou.

— Tenho certeza de que meu pai sabe — afirmou Leila. — Queria saber do que estavam tentando afugentar as pessoas.

— Um tesouro de pirata — disse Izzy. — Normalmente é para isso que servem esqueletos dançantes.

— Mineral Wells não tem saída para o mar, bobinha — Ridley zombou, e atravessou o piso de pedra irregular. — Seria meio difícil para os piratas subirem aquelas colinas até nós, marinheiros de água doce, não acha?

— Talvez o Círculo de Esmeralda estivesse tentando afugentar as pessoas deste canto — disse Carter, olhando

★ 149 ★

concentrado para o chão e as paredes perto de onde estava.

Não parecia haver nada de diferente no lugar; as pedras eram lisas e rebocadas com cimento velho e esfacelado.

— Mas todos sabemos que mágicos adoram *despistes* — Leila afirmou. — Duvido que Sandra ou os outros no velho clube teriam montado uma armadilha que apontasse diretamente para o lugar sobre o qual estavam tentando guardar segredo. — Ela apontou para o trilho que corria pelo teto, o trajeto que o esqueleto havia atravessado. — É mais provável que tenham escolhido o outro lado do porão.

Curioso, Carter apontou a lanterna para o canto oposto. Para a surpresa de Leila, as pedras no piso daquele lado pareciam diferentes — tinham desenhos brancos. Juntos, os Arteiros Mágicos correram para dar uma olhada.

No centro de cada pedra, havia uma imagem desbotada feita com giz. Leila exclamou:

— São os símbolos do baralho de tarô. Exatamente como os entalhados nas paredes do andar de cima.

Ridley passou pelos outros para ver melhor.

— Leila tem razão. Os naipes: espadas, taças, moedas e bastões.

Cada pedra naquele canto em particular estava marcada por um dos pequenos ícones. Eles praticamente brilharam sob a luz da lanterna.

OS ARTEIROS MÁGICOS: A SEGUNDA HISTÓRIA

— Acham que foi Sandra? — Carter perguntou.

— Talvez — Leila respondeu, sem certeza.

— Por que aqui? — Theo examinou o piso. — Qual é o sentido?

— A charada — Ridley sussurrou. — *Onde a ação encontra o pensamento, descobrimos a recompensa.*

— Recompensa! — exclamou Izzy.

— Uau, achamos — disse Olly. — Estamos ricos!

— Completamente podres de ricos! — Izzy fez um sapateado. — Vou comprar um pônei para mim! E um para Illy.

Os olhos de Olly se arregalaram enquanto dava asas à imaginação.

— E vou comprar a maior taça de sorvete do mundo. E uma casinha de camundongo nova para Ozzy!

Leila abanou a cabeça.

— Temos de descobrir o que isso significa primeiro. Ridley, o que mais você sabe sobre os símbolos de tarô?

— Coisas demais para lembrar agora — Ridley respondeu. — Sei que os símbolos nessas pedras estão relacionados a cartas de baralho. Moedas são como ouros, representando riqueza e segurança. Bastões são como paus, símbolos de ação e inspiração. Taças são copas, recipientes que podem estar cheios ou vazios. E espadas são espadas, ferramentas afiadas que cortam e dividem, como o pensamento e a análise, nos ajudando a chegar ao centro secreto do que desejamos.

★ 151 ★

Theo exclamou, batendo o punho na palma da outra mão:

— É isso! — Ele olhou para os outros. — Ridley acabou de dizer. Bastões são como paus. *Ação*. Espadas são espadas. *Pensamento*. Onde a *ação* encontra o *pensamento*!

— Precisamos encontrar uma pedra marcada com o bastão e também com a espada — disse Leila.

Carter entregou a lanterna para Ridley, e o restante dos arteiros se agachou para procurar.

Leila se ajoelhou perto de uma onde a imagem de um bastão de madeira cruzava a imagem de uma espada reluzente.

— Achei!

DEZESSETE

Os outros se reuniram ao redor enquanto Leila enfiava os dedos dentro de um pequeno espaço ao longo de uma das beiradas da pedra. Ela grunhiu enquanto erguia um dos cantos dela. A pedra deslizou para fora, revelando um fundo falso logo abaixo.

— Uau! — Carter exclamou.

O queixo de Ridley caiu de espanto.

— Isso! — Theo gritou.

Olly e Izzy entrecruzaram os cotovelos e deram um giro rápido em volta um do outro.

— *Recompensa* — Leila sussurrou.

Ridley apontou a lanterna para o buraco. Uma caixinha de madeira estava localizada ao lado de uma caixa de metal. Leila colocou a mão dentro dele e tirou as duas.

Ela não estava pensando em recompensa no mesmo sentido que os gêmeos. Estava torcendo para encontrar o que tinha vindo procurar. *Respostas a perguntas sobre quem eram seu pai e os amigos dele.* Enquanto colocava a caixa de madeira no chão ao lado dela, Carter comentou:

— Parece minha caixa misteriosa. Aquela com as iniciais do meu pai.

— Essa também tem iniciais — disse Theo. — AIS.

— Quem é AIS? — perguntou Carter.

— Talvez a mesma pessoa cujas iniciais estavam entalhadas na parede no andar de cima — disse Ridley. — Ou pelo menos *uma* delas: *A.*

— Que estranho — disse Leila. — Queria saber o que tem dentro. — Ela tentou abrir mas a tampa não cedeu.

— Nunca consegui encontrar um jeito de abrir a caixa do meu pai também — Carter explicou.

— Talvez todos os membros do Círculo tivessem caixas impossíveis de abrir — Theo sugeriu.

— Tente a de metal — Ridley insistiu.

Para a surpresa e a alegria de Leila, a tampa da de metal se abriu com um rangido. Ela tirou de dentro um papel amarelado e dobrado. A menina o abriu e mostrou para os outros. Linhas pretas se contorciam em volta da página. Vários *X*s estavam marcados nas linhas. E, ao lado de cada *X*, estavam letras estranhas.

— Parece um mapa, mas todo enigmático — disse Leila.

OS ARTEIROS MÁGICOS: A SEGUNDA HISTÓRIA

— Mas um mapa do quê? — Ridley perguntou.

Enquanto os outros se debruçavam sobre o mapa, Leila notou Carter examinando a caixa de madeira de quebra-cabeças. Era exatamente igual à dele — a que tinha sido de seu pai. Ele a guardou dentro da bolsa.

— Talvez as letras sejam outra charada — Theo sugeriu.

— Ou uma *cifra* — disse Ridley. Ela colocou a mão dentro do compartimento secreto da cadeira de rodas e pegou a moeda que havia caído do nada na loja de mágica. Ela a examinou. Dois círculos, um dentro do outro, ambos com todas as letras do alfabeto. Cada letra no círculo interno correspondia a uma no círculo externo. — E eis o que podemos usar para decodificá-la. É só trocarmos as letras por suas contrapartes correspondentes.

— Uau — exclamou Carter. — Que loucura!

— É mais simples do que parece. — Ridley tirou um lápis do braço da cadeira de rodas e começou a decodificar. — Olhem só. — Ela mostrou o trabalho aos outros.

I. X. T. = R. C. G.   O. N. E. = L. M. V.

— Continua sem fazer sentido — Theo disse com um suspiro.

— Talvez sejam apenas iniciais — disse Olly.

— R. C. G. — disse Izzy. — Resort do Carvalho Grandioso?

GFMVRH WV XLMGIZYZMWL

HZRWZ HVXIVGZ

MLIGV

KZGRLH UVIILERZIRLH

VMGIVKLHG WV XZ

Ridley riu.

— Olly, Izzy, vocês são geniais!

— Obrigado! — disse Olly. — A maioria das pessoas elogia nossos sorrisos, então é bom saber que você também reconhece nossa inteligência.

Ridley revirou os olhos.

— Eu não diria tanto. Mas fiz bem em pedir para todos estudarem código Morse! Viram? Clubes secretos usam códigos secretos!

(Sim, amigos, Ridley estava certa! E a cifra que os Arteiros Mágicos descobriram era uma cifra de substituição conhecida como Atbash. Essa cifra tem uma longa história. Foi usada por clubes e sociedades secretas em todo o mundo. Talvez você já tenha encontrado a cifra neste *mesmo* livro... Hmm, onde será que foi? Se um dia quiser criar uma aura de mistério, pode tentar usar a Atbash para enviar mensagens codificadas para pessoas que você conhece — como seu irmão ou irmã, ou talvez sua mãe, seu pai ou seu professor. Quem sabe? Vai ver eles são tão espertos que consigam decodificar sozinhos!)

— Então é mesmo um mapa — disse Carter, apontando para a página. Ele colocou o dedo em um dos *Xs* e traçou a linha até o *X* seguinte. Olhando para a cifra, falou: — O Resort do Carvalho Grandioso. L. M. V. — Depois de um segundo, exclamou: — Loja Mágica de Vernon! — Depois fechou a cara. — Mas essas linhas não parecem as estradas de Mineral Wells.

★ 158 ★

OS ARTEIROS MÁGICOS: A SEGUNDA HISTÓRIA

Leila apontou para o canto do mapa.

— O que esse conjunto de letras diz? Posso ver a moeda de cifra para decodificar?

Ela substituiu rapidamente as letras codificadas pelas verdadeiras. Seus olhos se arregalaram de surpresa.

— Não são estradas coisa nenhuma. São — ela leu as palavras — *túneis de contrabando*.

— O que são túneis de contrabando? — perguntou Carter.

— Aah, essa eu sei! — Ridley exclamou.

— É óbvio que sabe — Theo provocou.

Ridley olhou feio para ele, mas seguiu mesmo assim:

— Na época da Lei Seca, a produção, o transporte e a venda de bebidas alcóolicas eram crimes federais. Por isso, os contrabandistas tinham de fazer essas coisas em segredo. As pessoas contornavam a lei servindo álcool para os clientes em clubes secretos chamados *speakeasies*.

— Clubes secretos como o nosso? — perguntou Izzy.

— Não exatamente — Theo respondeu.

Ridley continuou:

— Para levar as caixas de bebidas para dentro dos *speakeasies* sem as autoridades saberem, muitas vezes os contrabandistas cavavam passagens secretas ligando os lugares por um sistema de túneis complexos.

— Passagens secretas. — Carter considerou. — Como a estante nos fundos da loja de mágica! Ei, será que a casa do sr. Vernon era um *speakeasy* antigamente?

— Lembra o que meu papa falou? Era um clube de jazz! — Leila exclamou.

— Deve haver uma entrada para o sistema de túneis aqui também — Theo palpitou. — R.C.G. Resort do Carvalho Grandioso. Certo?

Leila fez que sim. Ela voltou a dobrar o mapa e o entregou para Carter, que o guardou na bolsa.

— Isso parece importante. Vamos olhar em volta. Carter, leve a lanterna para aquele lado do porão. Enquanto isso, Ridley pode usar o dedo de fogo misterioso para iluminar este lado.

— Tomem cuidado para não disparar nenhuma armadilha dessa vez. — Ridley piscou.

O grupo se dividiu em dois e começou a explorar. Em pouco tempo, a luz da lanterna de Carter pousou em uma porta alta e enferrujada escondida na parede atrás da escada.

— Deve ser essa aqui! — Ele empurrou a porta com o ombro, mas ela não cedeu.

— Tem um buraco de fechadura — disse Ridley. — O que é aquele emblema estranho marcado logo em cima?

Como Leila era a especialista em fechaduras, ela se aproximou do buraco e o examinou. Quando viu o emblema, seu corpo ficou dormente. Era exatamente do mesmo formato da chave que ela usava no pescoço!

Ela sabia o que tinha de fazer, mas nunca havia contado aos outros sobre a chave. Será que seus amigos

OS ARTEIROS MÁGICOS: A SEGUNDA HISTÓRIA

ficariam bravos com ela por tê-la escondido? Será que ela ficaria brava consigo mesma por revelar um de seus segredos mais valiosos — aquele que sempre a lembrava de sua origem?

Ela enfiou a mão dentro da blusa, tirou a chave e a mostrou para os outros arteiros. Todos levaram um susto.

— Onde você arranjou isso? — perguntou Carter.

— Tenho essa chave desde bebê. Alguém a deixou na minha cesta à porta do Abrigo de Madre Margaret. Nunca contei para ninguém. Nem para o meu papa nem para o meu pai — revelou Leila, com um frio congelante na barriga.

Ela ficou esperando pelas reações dos outros, que Ridley olhasse feio, que Theo ficasse magoado. Em vez disso, eles se reuniram em volta dela e a abraçaram.

— Obrigado por nos contar — Carter agradeceu.

— Agora veja se encaixa — sussurrou Ridley, ansiosa.

Será que Leila tinha se preocupado todo esse tempo em vão? Os outros ficaram olhando por sobre o ombro dela enquanto inseria a chave na fechadura. Encaixou perfeitamente. Tentou girar, mas a chave não cedeu. Sua decepção foi como o impacto de uma picareta contra um bloco de gelo sólido. Magoada, a menina não conseguiu impedir que sua voz embargasse:

— Tinha certeza de que daria certo.

Ridley bateu em seu braço de leve.

— Desde quando uma fechadura difícil impediu Leila Vernon?

★ 161 ★

Tentando esconder a frustração, Leila colocou a mão no bolso e tirou suas gazuas da sorte. Ficou girando-as na porta enferrujada, virando e revirando e apertando o mecanismo impossível do lado de dentro, mas não adiantou. A fechadura parecia ser uma das mais sofisticadas que ela já havia encontrado.

— Se continuar assim — ela disse —, posso acabar quebrando minhas ferramentas... Aí terei de repensar meus planos para o espetáculo de amanhã.

— Por falar nisso — disse Ridley —, você não combinou de praticar com seu pai para a apresentação de amanhã?

Leila olhou o relógio.

— Ah, não. Vou me atrasar.

— E não vejo a hora de sair deste porão — Carter confessou. — Vamos todos voltar?

Todos concordaram que já haviam tido adrenalina suficiente para um dia. Eles podiam voltar e resolver o mistério da porta de contrabando outra hora.

Enquanto subia a escada, Leila se lembrou do que Sandra tinha dito durante o jantar na outra noite. A visão mediúnica parecia uma profecia. *Essa chave se tornará importante nos próximos dias. Mantenha-a por perto.* Sentindo se zonza, ela se apoiou na parede.

DEZOITO

O sol estava mergulhando atrás das grandes montanhas do oeste enquanto Theo e Ridley acompanhavam Leila e Carter até o resort, antes do espetáculo. Leila tentou não pensar demais na ausência de seu pai, especialmente porque seus amigos e seu papa estariam presentes. Para diminuir a ansiedade, o grupo passou na cozinha do resort. O Outro sr. Vernon lhe deu um abraço caloroso e disse:

— Você vai ser incrível hoje.

O quarteto encontrou Izzy e Olly esperando no saguão e, juntos, os arteiros caminharam até o anfiteatro. Eles pegaram a entrada de artistas, desceram a escada para os corredores serpenteantes embaixo do palco e encontraram uma das grandes salas comunais onde orquestras e coros grandiosos se preparavam para os espetáculos maiores. Era o lugar perfeito para Leila fazer seu último ensaio. Ela respirou fundo e disse:

— Mãos à obra.

Enquanto terminava de amarrar nós falsos e colar pedaços de pele falsa nos antebraços (para cobrir as gazuas especiais), a cabeça de Leila repassava tudo o que haviam descoberto sobre o Círculo de Esmeralda na ala abandonada. A charada escrita no quadro havia sido intrigante, o esqueleto ao mesmo tempo bobo e assustador, os símbolos misteriosos, as caixas e o código e o mapa de túneis surpreendentes, e a porta secreta com a fechadura impossível um tanto espantosa. No geral, tudo parecia indicar uma conspiração de contorcer as tripas. Às vezes, parecia mais seguro *não* ter todas as respostas. Mas ela entendia que, se tivesse essa postura, seria deixada com a bunda erguida para o alto, e qualquer um que passasse poderia lhe dar um pontapé.

Pensando bem, não parecia tão seguro assim.

O que *realmente* a fazia se sentir segura era repassar seu número de fuga uma última vez com os amigos.

Uma batida soou na porta, e Sandra espiou do lado de dentro. Ela estava usando uma túnica longa com estampas luminosas, o cabelo preso embaixo de um turbante roxo estrelado, e sua maquiagem a fazia parecer uma leoa.

— Olá, pessoal. Estão todos animados?

Os outros concordaram com a cabeça enquanto Leila reunia todo o entusiasmo possível.

OS ARTEIROS MÁGICOS: A SEGUNDA HISTÓRIA

— Olá — ela disse, crispando-se quando a voz saiu aguda e apavorada.

— Desculpe por aparecer só agora. — Sandra suspirou. — Está sendo um dia agitado, equilibrando as vontades de todos. Estão todos prontos?

— Quase — respondeu Ridley.

— E você? — Theo perguntou a Sandra.

— Uma velha dama como eu já está mais do que acostumada com essa rotina de teatro. Consigo ler mentes com as mãos nas costas. Aliás, talvez até considere fazer isso. — Sandra pareceu notar o mau humor de Leila. — O que houve, Leila?

— Meu papa estará aqui, mas meu pai não pode vir. Ele vai ter de trabalhar na loja.

O rosto de Sandra se abrandou.

— Mas ele *precisa* estar aqui! É seu primeiro espetáculo de verdade!

— Eu sei — Leila falou.

— Bom, não quero fazer você se sentir pior. — Sandra estalou a língua. — Vou dar uma ligada para ele.

Ela caminhou até um telefone de disco preto numa mesa no canto da sala.

— Sério? — Leila espantou-se. — Você faria isso?

— Claro — Sandra respondeu. Ela tirou o fone do gancho e discou o número da loja. Os arteiros escutaram a parte de Sandra da conversa: — Dante? Oi, querido!... Sim, sim... Estamos todos juntos na sala de ensaio do

★ 165 ★

teatro. Escuta, Leila me contou... Isso! Ah, estou perplexa!... Você simplesmente precisa vir, Dante, isso é fato. Só um pouco que seja, por sua filha... Bobagem! A tudo se dá jeito! — Sandra escutou e continuou a sorrir, mas a luz se apagou de seus olhos e sua voz se alterou, ficando mais baixa enquanto se desesperava para o convencer: — Se não fizer isso como um presente a uma velha amiga, faça por Leila, Dante. Por favor?

Leila ficou olhando enquanto o sorriso de Sandra se fechava. Tentou imaginar o que seu pai poderia ter dito para fazer Sandra ficar daquele jeito.

Sandra se virou para a parede para que nenhuma das crianças pudesse ver seu rosto. Ela estava sussurrando:

— Dante, escute, estou implorando. Você não faz ideia de como é importante... — Surpresa, ela afastou o fone da orelha e disse: — Alô? Dante? — Ela apertou o botão do telefone várias vezes. Quando finalmente se voltou para os arteiros, Sandra abriu uma expressão forçada de aceitação. — A ligação deve ter caído. Desculpe, Leila. Ele estava irredutível. Mas eu tentei.

— Eu entendo, obrigada — Leila disse. — Sempre haverá uma próxima vez.

— Esse é o *espírito*! — disse Sandra, retomando sua animação habitual. — Espírito! Há-há! Haverá muitos à espreita nesta noite. Direi a eles que você mandou um oi. Agora devo sair para resolver uns assuntos de última hora. — Ela fez um aceno rápido, depois fechou a porta atrás de si.

OS ARTEIROS MÁGICOS: A SEGUNDA HISTÓRIA

✴ ✴ ✴

O diretor de palco bateu na porta e entrou.

— Vocês têm uma plateia cheia hoje! Cinco minutos para a cortina. Está bem?

— Está tremendo — Ridley comentou com Leila.

— Estou nervosa — Leila disse.

— Você consegue — Carter disse. — Quando subir ao palco, imagine que está em casa na loja de mágica, fazendo seu número de fuga apenas para seus pais.

— É difícil, mas Carter está certo — Ridley acrescentou. — Pense no sr. Vernon segurando um cronômetro enquanto você bate seu recorde para sair da camisa de força. É assim que vai superar o nervosismo.

Carter apertou o braço de Leila.

— Você vai mandar bem. Estaremos ao seu lado.

— Eu sei que estarão. — Leila sorriu, tentando deixar o mau pressentimento para trás. Ela olhou para os amigos que a tranquilizavam. — Obrigada a todos. — Sua garganta parecia coberta de areia, mas ela continuou: — Só queria pedir desculpas por andar tão… *estranha* ultimamente.

— Não precisa pedir desculpas — disse Theo. — Só precisa ser você mesma.

— Mas esse é o problema: meu eu *normal* é feliz, solidário e otimista. Quero ser todas essas coisas o tempo todo. Mas, nos últimos tempos, percebi que sou mais do que apenas isso. Tudo que anda fervilhando dentro de mim parece impossível de esconder. Tentei guardar meu passado para mim mesma, porque dói lembrar, e não quero que sintam pena. É por isso que nunca contei sobre minha chave. Ou sobre algumas das memórias que fazem minha cabeça girar em algumas noites. — Leila se esforçou para controlar a respiração. — Quero ser a menina que sempre conheceram... mas às vezes... às vezes, é difícil.

Ridley pegou a mão dela.

— Sabemos exatamente quem você é, Leila. E amamos todas as suas diversas partes... mesmo as que você acha que mantinha secretas.

Leila riu de nervoso, e depois seus cinco amigos a cercaram e lhe deram um grande abraço coletivo.

Do corredor, o gerente de palco gritou:

— Crianças, vocês vêm ou não?

DEZENOVE

Os Arteiros Mágicos subiram a escada e pararam onde o gerente de palco os mandou parar. Do outro lado, Leila pôde ver Sandra esperando nas coxias. Os olhos dela estavam fechados, como se estivesse se concentrando. Espiando pela beira da cortina, Leila olhou para a enorme plateia. As pessoas enchiam as cadeiras desde a frente da orquestra até os fundos, do parapeito do balcão até o alto da última fileira. Seu papa estava bem no centro com alguns de seus cozinheiros, todos ainda usando os uniformes de cozinha. Ver seu papa ali a acalmou. E, quando olhou os rostos de seus amigos, ela soube que daria tudo certo.

As luzes diminuíram, a cortina se ergueu, e o gerente de palco cutucou seu ombro.

— Vá lá, garota!

— Eu pensei que alguém iria me apresentar — Leila sussurrou.

— Apresente a si mesma — o gerente de palco disse, empurrando-a para a frente. — Eles vão amar você.

Um holofote se acendeu, cegando. Leila ergueu a mão para poder ver, depois se deu conta de que estava tapando seu rosto. Ela baixou os braços ao lado do corpo.

— Olá! — ela disse alto. Sentiu sua voz pequena como a de um camundongo, mas se lembrou da última vez em que esteve nesse palco, quando os riscos eram muito maiores, enquanto acabavam com Bosso e salvavam seu pai. Depois, pensou em como tinha sido difícil contar aos amigos sobre seus medos e inquietações secretas, e percebeu que definitivamente era capaz disso. Aliás, conseguiria de olhos fechados. — Meu nome é Leila Vernon! — Sua voz ficou firme. Ela notou seus amigos nas coxias. Acenou para eles virem até ela, e Carter, Theo e os gêmeos entraram tropeçando sob as luzes do palco, enquanto Ridley empurrava a cadeira. — Meus amigos e eu temos um belo espetáculo para vocês!

A plateia aplaudiu por educação. Mas, então, veio um longo grito e aplausos, que Leila reconheceu como sendo de seu papa, e seu coração se encheu de amor. Ao mesmo tempo, desejou que seu papa e seu pai estivessem aplaudindo juntos.

— Primeiro, um truque simples de corda.

Ela apresentou vários pedaços de corda branca. Os

OS ARTEIROS MÁGICOS: A SEGUNDA HISTÓRIA

Arteiros Mágicos a ajudaram a erguê-los e esticá-los pelo palco. Então, com um estalo rápido da corda, todas as partes pareceram se juntar uma na outra. A corda dividida tinha ficado inteira!

A plateia vibrou, surpreendida por um grupo de crianças capazes de algo impossível. Todas as horas que Leila e Carter treinaram juntos tinham valido a pena. O som de aplausos fez calafrios percorrerem a espinha de Leila. Ela quis sentir isso outra vez.

Ela exclamou:

— Há quem ache que meninas como eu devem ser quietinhas e educadas. Que devemos nos comportar e só abrir a boca quando falarem conosco. A essas pessoas, peço que assistam ao próximo truque com atenção e vejam do que meninas como eu somos capazes!

Um murmúrio de preocupação vibrou pelo auditório, enchendo Leila de ansiedade.

Carter pousou uma cadeira no centro do palco. Leila se sentou enquanto Theo e Ridley amarravam suas mãos de maneira muito visível sobre o colo. Em seguida, enrolaram outra corda em torno do seu peito e do encosto da cadeira para parecer que ela mal conseguia se mexer. Seus amigos então viraram a cadeira para que a plateia visse os nós que Leila os havia ensinado a fazer. Ridley chegou a apertar as cordas, e Leila resmungou fingindo dor.

O que a plateia não sabia era que, enquanto Theo e

★ 171 ★

Ridley a estavam amarrando, Leila estava tensionando os músculos e mantendo os punhos separados. Enquanto enrolavam as cordas em volta de seu peito, a garota havia inspirado o máximo de ar possível em seus pulmões, para que, quando chegasse o momento de escapar, bastasse que ela encolhesse de novo.

Expirando e relaxando, as cordas se afrouxaram em volta dela, e Leila conseguiu escapar. Em um piscar de olhos, ela estava livre, segurando as amarras em seus punhos. Saltou da cadeira e fez uma dancinha.

O público adorou o número. E adorou *Leila*. Ela se deixou tomar pela energia.

— Obrigada! — ela agradeceu com uma reverência, tentando não deixar a voz embargar em um milhão de pedacinhos de alegria. — E agora é hora de nosso *grand finale*. Um que é tão impossível, *tão claustrofóbico*, que vão achar que perdi a cabeça por me arriscar a fazer.

De uma das coxias, Carter e Theo haviam trazido um pequeno baú, pouco maior do que uma maleta. Do outro lado do palco, Olly e Izzy trouxeram a camisa de força branca alvejada de Leila, suas mangas compridas e fivelas se arrastando no chão.

Quando os espectadores viram esses acessórios, ficaram ainda mais agitados de preocupação e euforia, conversando alto entre si.

Os gêmeos piscaram enquanto ajudavam Leila a entrar na camisa de força. Ela cruzou os braços em forma

OS ARTEIROS MÁGICOS: A SEGUNDA HISTÓRIA

de X sobre o peito. *Clique-clique-clique.* Os cadeados estavam trancados, e a camisa encaixada com firmeza, mas não *demais*. Ela gritou para a plateia:

— Desta vez, vou precisar de uma ajudinha. Se puderem, assim que o baú for fechado e trancado comigo dentro, façam uma contagem regressiva a partir de trinta.

Leila entrou no baú, os gêmeos fecharam a tampa, e o público começou a contar:

— Trinta... vinte e nove... vinte e oito...!

Os outros arteiros animaram a plateia, gritando:

— Mais alto! Mais alto! — e:

— Ela não consegue ouvir! — e:

— Vai, Leila, vai!

— Vinte! Dezenove! Dezoito! Dezessete! Dezesseis! Quinze!

Dentro da caixa, Leila se contorceu e tentou se soltar. Escutou a plateia enquanto soltava um braço meticulosamente. Ela o levou à boca e arrancou o pedaço de pele falsa, colocando as gazuas da sorte entre os lábios antes de pegá-las com os dedos recém-liberados. A partir de então, se esforçou para alcançar cada um dos cadeados que os gêmeos haviam prendido na camisa. Havia pouquíssimo espaço para ela se mexer dentro do baú, mas, depois de anos de prática, essa façanha havia se tornado uma de suas prediletas para apresentar aos pais na loja de mágica.

— Onze! Dez! Nove!

Mas, antes de a plateia conseguir dizer "Oito!", Leila

★ 173 ★

pulou para fora do baú. Todos exclamaram de surpresa. Com um simples balanço dos ombros, a camisa escapou, e ela ergueu os braços em triunfo.

O barulho no auditório era mais do que Leila poderia ter imaginado. Seus tímpanos chacoalhavam como castanholas. Ela estava tão contente que lutou com todas as forças para conter as lágrimas de felicidade. Estendeu os braços para os amigos, que se reuniram em volta dela para uma última reverência. Se tudo desse certo, esse espetáculo seria o primeiro de muitos.

Espiando além do brilho forte das luzes do palco,

OS ARTEIROS MÁGICOS: A SEGUNDA HISTÓRIA

Leila viu seu papa aplaudindo em êxtase e acenando para ela. Vê-lo ali a encheu de reflexos de arco-íris, céus ensolarados, lembranças de chocolate quente, e o riso mais caloroso do mundo.

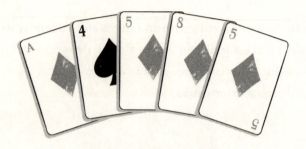

VINTE

Enquanto os contrarregras preparavam o palco para o número principal, o diretor guiou as crianças para um grupo de lugares vazios na primeira fileira. Estranhos ficavam dando tapinhas nas costas de Leila e a parabenizavam. Algumas crianças aleatórias chegaram a correr até ela e perguntar:

— Pode nos dar um autógrafo?

— Claro! — Leila concordou. — Mas só se meus amigos também assinarem.

Os arteiros sorriram enquanto passavam as canetas e papéis uns para os outros.

Pouco depois, as luzes do auditório diminuíram e a plateia ficou em silêncio. O espetáculo de Madame Esmeralda estava prestes a começar.

OS ARTEIROS MÁGICOS: A SEGUNDA HISTÓRIA

Houve sussurros na fileira atrás dos arteiros sobre a sessão do dia anterior.

— Você viu o que essa vidente fez?

— Aquelas luzes eram assustadoras.

— Ela deve ser muito especial se conseguiu acalmar aqueles *fantasmas*.

Uma voz ribombou, silenciando todos em surpresa:

— *E agora... é com muito prazer que o Resort do Carvalho Grandioso recebe um ilustre talento para nosso palco. Protejam sua mente, enrijeçam seu espírito, fortaleçam seus nervos. Pois estão prestes a assistir à clarividente mais espantosa do mundo... Madame Esmeralda!*

Do palco escuro, surgiu uma rajada de barulho e luz e fumaça e, em seguida, Madame Esmeralda apareceu, saindo da névoa. Seu sorriso iluminou o salão enquanto ela fazia uma reverência, depois ergueu os braços com gratidão para a plateia.

Sua apresentação foi elegante e perfeita como plumas de corvo. Ela começou juntando pequenos cartões nos quais voluntários da plateia haviam escrito frases sobre si mesmos. Lendo alguns, saiu do palco e atravessou os corredores, o holofote a seguindo do alto, cercando-a por uma aura de luz fria.

Para uma mulher ruiva, ela disse:

— Sua mãe trabalhava em um banco do centro-oeste!

Para um homem engravatado:

— Sua cor favorita é branco-maionese!

Para uma adolescente:

★ 177 ★

— Seu nome do meio é Anna-Rose!

Para um velho de estatura baixa:

— O senhor já foi mordido por um tubarão perto da ilha de Saint John.

Madame Esmeralda foi falando com mais e mais pessoas, e todas a encararam em choque.

— Pelos olhares de espanto em seus rostos — ela disse —, parece que acertei pontos importantes. — A multidão murmurou, confirmando entre si. — Eu estava correta? — Cada um dos voluntários se levantou e disse: — Sim! — A plateia estourou em aplausos surpresos, e os voluntários voltaram a se sentar. — Para meu próximo número, devemos todos ficar um pouco mais místicos. — Ela voltou ao palco e tirou uma vela branca fina de um dos bolsos da roupa. Acendeu um fósforo com um ar dramático. — Luzes, por favor! — gritou para as pessoas na cabine superior do teatro. As luzes do palco se apagaram, deixando uma escuridão assombrosa. A luz da vela cintilou logo abaixo do rosto de Madame Esmeralda, lançando luzes assustadoras sobre seus traços. Ela gritou: — Convoco os ancestrais dessa plateia a se juntarem a nós hoje! — Um silêncio caiu sobre o público. Um murmúrio dominou a plateia. Então, com o semblante mais brando, Madame Esmeralda fechou os olhos e sussurrou: — Fiquem em silêncio! — Com um sorrisinho, acrescentou: — Deixem que eles deem oi.

De todo o salão cavernoso, surgiram gritos súbitos e berros de pavor.

OS ARTEIROS MÁGICOS: A SEGUNDA HISTÓRIA

Alguém exclamou:

— Encostaram no meu ombro!

Outra pessoa:

— Alguma coisa beliscou meu braço!

Outra gritou:

— Que dedos gelados!

E outra:

— Meu cabelo!

E depois:

— Meu pé!

Leila olhou ao redor, perguntando-se se algum dos espíritos tentaria encostar nela também.

— Luzes! — Madame Esmeralda proclamou exatamente quando a plateia parecia prestes a se revoltar e sair correndo pelas portas, fugindo para o hotel e noite afora. A voz dela era um consolo forte e firme. — Não há o que temer. Os espíritos não viajam desde o além para nos ferir. Estão apenas nos lembrando que já viveram aqui. Agora, convidarei esses espíritos a falar através de mim! — A plateia se inquietou novamente, murmurando entre si. — Mas, primeiro, preciso de voluntários. Se eu apontar para você, por favor, venha até o palco comigo.

Madame Esmeralda escolheu ao acaso sete pessoas de todo o auditório.

Os sete formaram uma fila ao lado da médium, todos olhando com nervosismo para o brilho forte das luzes do palco. Havia uma mulher robusta de meia-idade

★ 179 ★

usando um vestido engomado verde-água; um cavalheiro mais alto e curvado de calça social, camisa branca e gravata preta; um menino bem baixinho de roupa de marinheiro; e uma menina, que era um pouco mais alta que o menino ao seu lado, usando um vestido branco rodado de bolinhas pretas. Um homem grande de ombros largos

usava um casaco de pele até o chão sobre um terno escuro. (Leila achou estranho, pois estava muito quente lá fora, mas talvez ele não gostasse do ar-condicionado dentro do auditório.) Seus óculos de aro fino eram grandes e perfeitamente redondos, e sua barba comprida chegava a roçar na base do colarinho.

Por fim, ao lado dele, estava um casal de mãos dadas. O cabelo ruivo da mulher estava penteado em um corte alto como o de um poodle. O homem era mais baixo e, em sua cabeça, havia uma óbvia peruca preta que não combinava com o cabelo grisalho em suas têmporas. Eles se vestiam de maneira conservadora, com um vestido marrom e um terno marrom. Seus olhos arregalados denotavam esperança.

Algo nesses dois pareceu familiar a Leila. Ela vasculhou a memória em busca de onde poderia já tê-los encontrado antes. Talvez tivessem entrado na loja naquela semana. Seriam eles o casal que Presto havia assediado com a mensagem estranha? Ou será que Leila os tinha visto antes? Muito tempo antes...

VINTE E UM

— Vai acontecer da seguinte forma — Madame Esmeralda se dirigiu aos seus sete voluntários. — Os espíritos que vieram me abordarão para revelar detalhes em sigilo. Compartilharei esses detalhes um de cada vez. Se, em algum momento, um de vocês achar que estou falando sobre alguém que amaram e perderam, levantem a mão para me avisar. Está bem?

O pequeno grupo assentiu ao mesmo tempo. Madame Esmeralda fechou os olhos e começou a murmurar:

— *Ohmm-mmm.*

Depois de alguns segundos, ela ergueu um dedo e o apertou diretamente no centro da testa. Arregalou os olhos de repente, olhando para cima da multidão como se pudesse ver seres flutuando lá no alto.

— Vejo uma mulher. Não é alta nem baixa. Seu cabelo é comprido e castanho. Está usando um avental. Acho... Acho que trabalha numa padaria. Não. Ela é *dona* da padaria. — Um burburinho cresceu na plateia, mas nenhum dos sete levantou a voz. — Sua especialidade era... *rugelach*. A de framboesa dela ganhou uma medalha azul em uma feira do condado... É uma pessoa gentil, mãe de duas filhas... Nasceu no exterior... Europa Oriental... e imigrou para cá na adolescência.

A mulher robusta de vestido verde-água na extrema esquerda do grupo acenou a mão e exclamou:

— É a minha *bubbe*! Não tenho dúvidas!

Madame Esmeralda caminhou até a mulher e disse:

— Sua *bubbe* diz que sente sua falta e ama muito você. — A mulher robusta levou os dedos aos lábios trêmulos. Madame Esmeralda pousou a mão reconfortante em seu braço. — Você já ouviu passarinhos cantarem dentro da sua casa?

A mulher robusta arregalou os olhos.

— Sim, já!

— É um sinal de que sua *bubbe* está lá, visitando.

— Não acredito. Como pode saber tanto sobre ela?

Madame Esmeralda respondeu com um sorriso:

— Ela me contou. Disse para você olhar atrás de sua cômoda no quarto. Lá, encontrará algo que sempre estimou, mas perdeu recentemente. Faz algum sentido?

— Sim, faz! Minha aliança de casamento! Obrigada, Madame Esmeralda! Vou procurar assim que chegar em casa!

OS ARTEIROS MÁGICOS: A SEGUNDA HISTÓRIA

Quando a mulher robusta voltou a se sentar no auditório, ela estava fungando, e quase toda a plateia estava comovida. A vidente se voltou para os seis outros no palco. Eles a encararam com pavor e admiração.

Durante os vinte minutos seguintes, ela descreveu os espíritos que estavam visitando o auditório do Carvalho Grandioso.

— Aqui temos um homem branco elegante de cabelo grisalho e testa larga. — Ou: — Uma mulher negra baixa com cachos densos está abrindo um dos sorrisos mais belos que já vi na vida. — Se nenhum dos voluntários se manifestava, ela continuava com informações complementares: — Sinto que o primeiro nome começa com *F*. Ou talvez *P*? — Ou: — Essa pessoa era descendente de alguém da América do Sul. Acho que... Uruguai? — E então algo como: — Era maquinista. — Ou: — Andava de bengala. — Ou: — Acho que era um tanto flatulento. — Uma frase que recebeu tanto exclamações de surpresa quanto gargalhadas da plateia.

Conforme Madame Esmeralda dava mais e mais detalhes sobre cada espírito que dizia ouvir, um dos voluntários erguia a mão.

— É minha falecida esposa — exclamou o homem curvado de camisa.

— Meu avô! — o menino de marinheiro exclamou.

— Minha tia Mabel! — gritou a menina de vestido rodado.

— Meu primo Gary — sussurrou o homem de casaco de pele.

★ 185 ★

Leila sentia calafrios a cada vez que as previsões de Sandra se revelavam verdadeiras, mas os arteiros ficavam sussurrando em torno dela.

— Aposto que ela pesquisou as histórias dessas pessoas antes do espetáculo — Ridley cogitou.

— Como? — perguntou Leila. — Foi um espetáculo de última hora.

— Se parar para pensar — disse Theo —, ela está fazendo exatamente o que fez conosco durante o jantar na outra noite. Começa de maneira difusa, levando os voluntários a admitir uma relação que pode ser vaga, no máximo.

— Aah, *grandes* palavras! — disse Izzy.

— Eu conheço palavras maiores — Olly acrescentou. — Luminoso. Magnânimo. Hipopótamo.

Leila abanou a cabeça.

— E a *bubbe* e a padaria? Sandra sabia de tudo aquilo, e a mulher não falou nada.

— Bom argumento — Theo respondeu.

— Talvez todas essas pessoas no palco estejam trabalhando para ela — Carter sugeriu.

— Não estão, não — Leila respondeu, irritada consigo mesma por se exasperar.

— É fácil para as pessoas acreditarem que algo é real quando precisam disso — argumentou Ridley.

— Exato — Theo concordou.

— Acreditar em uma coisa não a torna automaticamente *não* real — Leila sussurrou.

★ 186 ★

OS ARTEIROS MÁGICOS: A SEGUNDA HISTÓRIA

Alguém nas cadeiras atrás deles fez *psiu*. Leila se virou e pediu desculpas rapidamente. Ela se lembrou de quando todos foram ao circo de Bosso, e Carter os havia levado para uma tenda para falar com uma mulher chamada madame Helga, que havia lhes dito: *Sozinhos, são fracos. Juntos, são fortes*. Ridley havia usado a frase para ajudá-los a aprender código Morse. A experiência com Madame Helga havia unido bastante o grupo e feito com que eles acreditassem que estavam destinados a continuar juntos, mesmo se tivessem diferenças. Mas incomodava Leila o fato de ela não conseguir rejeitar o que Sandra estava fazendo no palco tão facilmente como Ridley ou Carter ou Theo.

No entanto, Leila sabia que havia algo formidável em ver Madame Esmeralda realizar seu número. Ela era tão maravilhosa em suas previsões como Leila era na arte da fuga. A prova estava nos rostos da plateia enquanto observavam e ouviam, admirados. E, apesar das reservas que Leila sentia, mal conseguia esperar para conversar com a velha amiga de seu pai depois do espetáculo e saber como tudo funcionava.

No palco, restou apenas o casal de aparência conservadora. Madame Esmeralda ficou em silêncio, parada e séria.

— Um minuto, caros espectadores... estou tentando contatar o além...

Ela caminhou em direção à cortina vermelha no fundo do palco e inclinou a cabeça como se escutasse a voz de outro espírito. Sussurrou algo baixo.

☆ 187 ☆

Da fileira da frente, Leila se concentrou nos lábios da vidente. Ela podia jurar ver Sandra dizer algo como *"Não vou fazer isso"*.

Leila se lembrou de escutar Sandra falando sozinha no saguão do resort no outro dia. Seriam espíritos a assediando? Leila estava começando a temer que o espetáculo estivesse prestes a sair dos eixos quando, de repente, Madame Esmeralda tirou o turbante e o atirou para fora do palco. Duas tranças bagunçadas caíram sobre os ombros dela. Ela não era mais a Madame Esmeralda. Tinha se transformado em Sandra novamente. Seus brincos em forma de estrelas balançavam furiosamente enquanto erguia os olhos para o holofote, levando as pontas dos dedos às têmporas.

— Desculpem — ela disse com a voz fraca para o casal. Todos na plateia estavam inclinados à frente com a atenção arrebatada. — Há algo que *devo* dizer a vocês, por mais que me doa, e doa a outras pessoas... — O casal se crispou, como se Sandra pudesse pular em cima deles de repente. — Vocês vieram aqui nesta noite em busca de respostas, não?

O homem de terno marrom limpou a garganta e colocou o braço em volta da esposa de vestido marrom. Ela fez que sim para Sandra, que continuou:

— Então não ficarão surpresos ao saber que... suas respostas estão *aqui*, neste salão, agora mesmo.

O queixo da mulher caiu, e ela secou uma lágrima que estava escorrendo.

OS ARTEIROS MÁGICOS: A SEGUNDA HISTÓRIA

— Isso é sobre a filha de vocês? — Sandra perguntou.

— Sim — respondeu o homem. — Perdemos nossa filha há muito, muito tempo.

— Éramos muito jovens na época — disse a mulher. — Não tínhamos dinheiro nem recursos para oferecer uma vida confortável a ela. Antes de ela nascer, concordamos em levá-la para adoção, mas então vimos seu sorriso... — Ela olhou para o homem, como se pedisse permissão para continuar. Ele assentiu. — Queríamos desesperadamente ficar com ela; queríamos lhe proporcionar tudo, tratá-la como uma princesinha, mas isso não fazia parte de nossa realidade. Com a ajuda de uma pessoa de confiança, cedemos a custódia... Mas não houve um dia em que não pensamos nela. Todos os dias desde então, torcemos para que estivesse bem. Mas agora... agora a queremos de volta.

— Nós *sempre* a quisemos de volta — acrescentou o homem. — Trabalhamos duro para podermos proporcionar a vida que ela merece...

Os sussurros ficaram mais altos na plateia. As pessoas pareciam estar se questionando se aquilo fazia mesmo parte do espetáculo. Parecia tão diferente do que tinha vindo antes.

Sandra olhou os dois intensamente, como se estivesse revivendo lembranças. Ela levou o indicador ao centro da testa. Fechando os olhos, pediu:

— Seus nomes... me digam, por favor.

★ 189 ★

A mulher falou com hesitação, olhando para o marido de tantas em tantas palavras.

— Pammy e Bob Varalika. Nós... dirigimos uma hora e meia só para ver a senhora, Madame Esmeralda.

— A senhora sabe onde está nossa filha? — perguntou o homem, como um tom de desespero na voz.

— Eu... creio que sim — Sandra balbuciou com nervosismo. — Na realidade... sua filha está... Ela está... — Sandra parecia não conseguir pronunciar as palavras. — Está aqui hoje.

— *Aqui?* — o casal repetiu, incrédulo.

Quando Sandra olhou na direção dos Arteiros Mágicos, Leila soube que ela estava buscando contato visual.

— O nome de sua filha era *Leila*? — Sandra perguntou sem desviar os olhos.

Leila sentiu como se todo o auditório tivesse escapado de baixo de seus pés. Sentiu um puxão distante quando Ridley apertou seu punho.

Os Varalika ficaram pálidos. A mulher, Pammy, parecia desfalecida, e o homem, Bob, segurou os ombros da esposa como se para apoiá-la.

— Exatamente — disse Bob. — Como a menina que se apresentou antes da senhora. A artista de fuga. Mas a senhora não quer dizer... Não pode ser...

Ele seguiu o olhar de Sandra até a fileira da frente. A essa altura, murmúrios altos encheram o salão conforme a agitação da plateia crescia mais e mais.

OS ARTEIROS MÁGICOS: A SEGUNDA HISTÓRIA

Com um olhar triste, Sandra estendeu a mão, os dedos trêmulos.

— Minha querida Leila — sussurrou —, venha aqui conhecer seus pais biológicos.

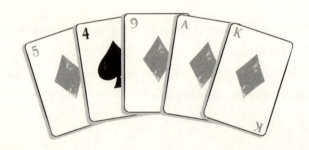

VINTE E DOIS

Leila não conseguiu fazer isso sozinha.

Carter e Theo tiveram de ajudá-la a subir os degraus na lateral do palco enquanto a plateia aplaudia constrangida. Pareciam tão confusos quanto ela.

Leila notou seu papa atravessando a multidão, a caminho do palco. Ele estava com uma expressão de espanto e dor que Leila nunca tinha visto antes. Ela sabia que não haveria prato que ele pudesse cozinhar capaz de tranquilizar os ânimos dele hoje.

— Querido público, foi um prazer exibir meus dons para vocês hoje — Sandra disse à plateia —, mas agora devemos dar privacidade a essa família reunida. Espero que todos fiquem bem.

Com isso, a cortina pesada de veludo caiu na frente

OS ARTEIROS MÁGICOS: A SEGUNDA HISTÓRIA

do palco com um *vump* ecoante, bloqueando a visão da plateia. Os aplausos dispersos pararam e foram substituídos pelo ruído ambiente de conversas altas. Mil vozes falando ao mesmo tempo. Leila se deu conta de repente de que a notícia correria mais rápido pela cidade do que ela conseguiria abrir uma fechadura.

O casal estava perto de Sandra, que estendia os braços para Leila. Deixando Carter e Theo para trás, Leila se deixou abraçar. Sandra a apertou com força.

— É um milagre — Sandra disse baixo. — Seus pais... seus pais *verdadeiros* finalmente encontraram você.

Leila não conseguiu responder. Ela sabia quem eram seus pais. Nenhum deles estava naquele palco. Ela não precisava ser médium para ver isso. Carter e Theo ficaram perto da escada, dando um pouco de espaço para o grupo, mas Leila desejou que estivessem mais perto. Um medo inominável a estava deixando zonza.

Com a cortina fechada, eles ao menos tinham um pouco de privacidade. Os contrarregras ficaram nas coxias, fingindo não ouvir.

Sandra fez as apresentações. O casal Varalika encarou Leila como se ela fosse um unicórnio. Seus olhos estavam arregalados e lacrimejantes, a boca escancarada de espanto. Leila achou quase impossível olhar para eles. Fazia muito tempo que havia prometido a si mesma que pararia de questionar de onde tinha vindo. Foi um choque essa pergunta voltar a seu cérebro.

★ 193 ★

Os adultos estavam falando, lhe perguntando coisas, mas ela não conseguia ouvir. O único barulho nos bastidores era seu coração batendo forte nos tímpanos. Não sabia o que pensar nem o que fazer. Sentia como se a porta de um armário estivesse se fechando diante dela, como se cadarços estivessem apertando sua pele enquanto as meninas no Abrigo de Madre Margaret amarravam os punhos dela antes de deixá-la sozinha para descobrir como desfazer os nós. Seu instinto lhe dizia para fugir. Deixar todos para trás e se proteger. Fazia muito tempo que Leila havia aprendido a escapar, mas não era comum também querer sumir.

De repente, uma voz reconfortante gritou atrás:

— Leila! — Seu papa estava correndo pelo palco, passos pesados fazendo o chão tremer. Então, os braços calorosos dele estavam ao redor de Leila enquanto a abraçava. Ele entrou na frente dela, como se para protegê-la dos estranhos. — Quem são vocês? — questionou.

— Eu sou professora — a sra. Varalika respondeu.

— Eu sou banqueiro — disse o sr. Varalika. Eles se viraram para Leila. — E essa é... esperamos que seja nossa filha. Se nos permite perguntar: seu aniversário é no dia doze de fevereiro?

— Não precisa responder, Leila — seu papa disse, voltando-se para ela. Ele olhou em seus olhos. — Se quiser, pode, mas não precisa. Diga-me o que quer que vou lhe dar todo o apoio.

Ele apertou o ombro dela para tranquilizá-la.

OS ARTEIROS MÁGICOS: A SEGUNDA HISTÓRIA

Finalmente, depois de um tempo, ela assentiu para o casal.

— Sim, é o meu aniversário. Ao menos segundo o bilhete na cesta em que madre Margaret me encontrou.

Os olhos do casal ficaram vítreos e úmidos.

— Diga-me — disse a sra. Varalika —, você ainda tem o par de pintinhas que parecem olhinhos de coruja atrás do tornozelo? — A pele de Leila formigou. Ela ergueu a barra da calça para mostrar à mulher que ela estava certa.

— É ela *mesmo*! — A sra. Varalika sussurrou para o marido.

— Nossa filha! Não acredito!

— Eu também não — seu papa resmungou. Ele olhou feio para Sandra e para o casal. — Sem querer ser grosseiro, mas precisam entender: é muita coisa para absorver de uma vez só. Esta é *minha* filha e...

Sandra baixou os olhos. A expressão do casal Varalika era de medo e confusão. O sr. Varalika sussurrou:

— Nós entendemos. É uma situação dificílima. Mas adoraríamos sentar e conversar com Leila por um tempo. Seria possível?

— Sinceramente... sinceramente não sei — o Outro sr. Vernon disse. Ele olhou para Leila, que não havia derramado uma lágrima, mas estava quase transbordando por dentro. Ela se sentia prestes a explodir. Seu papa pôde ver a confusão. E respondeu aos Varalika: — Talvez em outro momento. Agora, preciso levar minha filha para casa. Então, se nos derem licença.

★ 195 ★

Seu papa a pegou pela mão, guiando-a de volta aos degraus na lateral do palco. Ela se virou para olhar para o casal pela última vez. A mulher ergueu a mão com pesar como se para dizer adeus, e uma dor fantasma brotou no peito de Leila, logo abaixo da chave.

Os arteiros seguiram a amiga e o papa dela até a cozinha em que ele trabalhava. Depois, o papa de Leila telefonou para seu outro pai a fim de explicar o que havia acontecido. A voz de seu papa embargou, e ele levou a mão ao fone para esconder a conversa. Os dois srs. Vernon conversavam ao telefone enquanto as crianças ficaram sentadas em volta de um dos balcões no centro da cozinha do resort.

— Leila — Ridley começou, abraçando a amiga —, o que foi aquilo? Fazia parte do número?

Leila estava em choque demais para responder.

— Claro que sim — disse Izzy.

— Todo número precisa de um pouco de *drama* — Olly acrescentou. — Ou, nesse caso, *muito!*

Izzy deu um soco no braço do irmão.

— Vamos ficar quietinhos, sr. Insensível.

Carter pegou a mão fraca de Leila enquanto Theo apertava seu ombro, como se algum desses atos pudesse fazê-la responder.

Ridley afagou o braço de Leila.

— Você vai ficar bem.

— Mas essa é a questão — Leila disse com um grunhido. — *Será que vou?*

Os outros olharam como se ela tivesse acabado de falar um palavrão. Mas ela estava triste e confusa demais para pedir desculpa. Carter e Theo se crisparam. Até Olly e Izzy, que viviam sorrindo, pareciam preocupados.

— Nós estamos aqui por você — disse Ridley.

Leila pestanejou.

— Só espero que eu ainda possa estar *aqui* com vocês.

— Claro — disse Theo. — Onde mais você estaria?

— Com *eles*. — Leila apontou com a cabeça na direção do auditório, como se fosse lá que os Varalika morassem.

— Mas eles não podem fazer isso — disse Carter. — Os Vernon adotaram você. *Nós* somos a sua família.

— Eu sei. Mas será que os Varalika sabem disso?

— Será que Sandra sabe? — perguntou Ridley.

— É claro que sabe — disse Leila. — Ela é uma das amigas mais antigas do meu pai. Tenho certeza de que o que aconteceu no palco a deixou tão triste quanto o resto de nós. Ela parecia não querer fazer a revelação. Mas sabia que tinha de falar a verdade.

Ridley a encarou por um momento.

— Tenho certeza de que você tem razão.

Mas Ridley não estava com cara de quem tinha tanta certeza assim.

Leila voltou com Carter e seu papa ao apartamento em

cima da loja de mágica. Seu pai a recebeu com o abraço mais apertado que já havia lhe dado.

— Ah, meu amor...

Leila sentiu seu corpo tremer. Por um momento, não soube dizer se era ela ou ele quem estava chorando até se dar conta de que eram os dois. Ela botou tudo para fora. Todo o medo. Toda a raiva. Escorreu por suas bochechas e encharcou seu casaco. Leila se permitiu entrar no ritmo da respiração dele e, em pouco tempo, voltaram juntos de seu voo vertiginoso de inquietações. Finalmente, ele perguntou:

— Você está bem?

O instinto dela era sorrir e secar as lágrimas, mas não queria mentir.

— Estou feliz de voltar para casa — ela respondeu.

O telefone tocou. Ninguém se mexeu. Nenhum deles queria ser interrompido. Mas, como continuou a tocar, o barulho agudo e estridente começou a parecer um alarme. O sr. Vernon atendeu.

— O que é? — ele perguntou. Quase imediatamente, seu rosto ficou vermelho-vivo. — Ah, fizeram isso, foi? Amanhã de manhã? Não, não vai ser bom para nós... Certo. Se precisa acontecer, acho que não temos escolha. Estaremos lá.

— Qual é o problema? — perguntou o Outro sr. Vernon. — Quem era?

O sr. Vernon olhou para Leila e Carter com um ar

OS ARTEIROS MÁGICOS: A SEGUNDA HISTÓRIA

de dúvida, como se achasse que talvez não devessem ouvir o que ele tinha a dizer. Mas então falou logo de uma vez:

— Aquele casal, os Varalika, se hospedaram num quarto no resort e contrataram um advogado da cidade. Era ele agora. Está exigindo que os encontremos, todos nós, incluindo Leila e Carter, amanhã de manhã no escritório dele.

— Por quê? — Leila perguntou. — Vão tentar me tirar de vocês?

Seus pais não conseguiram esconder o olhar angustiado que trocaram.

— É claro que não — disse o sr. Vernon. — Querem apenas *conversar* conosco. Nada de mais.

Na calada da noite, Leila estava deitada na cama, olhando para o teto como tinha ficado no início da semana. Ela estava tentando não chorar. Apertou sua chave especial no punho com tanta força que se perguntou se talvez destrancaria algo dentro dela, um segredo que havia guardado por motivos já esquecidos. Parecia que a noite da chegada do macaco do circo tinha sido cem anos antes. Será que o animalzinho ainda estava lá fora? Talvez a estivesse observando agora, pensou.

Nessa noite, Leila não foi visitada pelos fantasmas do passado. Nada do Abrigo para Crianças de Madre Margaret. Nada de armários fechados. Nada de sapatos amarrados por colegas cruéis. Agora, Leila estava preocupada com a presença fantasma de um futuro incerto. Um futuro em que poderia ter de abandonar esse lugar e as pessoas que amava, tudo para seguir um par de estranhos ao longo de uma trilha enevoada e possivelmente perigosa.

Houve uma batida na parede — toques e arranhões que criavam um padrão de sentido. Carter estava acordado, mandando uma mensagem para ela. Por código Morse.

Ela decifrou as letras a partir dos pontos e traços, grata pela distração. Quando entendeu, sorriu. Pensou um pouco, depois bateu os nós dos dedos e raspou as pontas no papel de parede em resposta.

COMO...

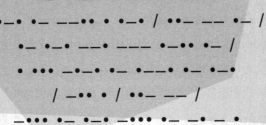

Mil perdões! Estava tão envolvido no código Morse no final do último capítulo que acabei continuando. Se já não souber código Morse, sugiro que dê uma olhada no fim do livro...

Enfim... Mais uma noite, mais uma aula de mágica. Você topa? Ótimo. Vamos aprender um dos truques de escape de Leila! Lá vai.

DO QUE VOCÊ PRECISA:

Primeiro, vai precisar estar usando uma camisa de manga longa.
Um pedaço de barbante ou corda fina (um cadarço velho também serve)

Um papel
Um par de tesouras (Lembra do que já falei sobre adultos e objetos afiados? Eles combinam feito torrada e geleia. Em outras palavras, tenha sempre um por perto por motivos de segurança.)
Um lenço escuro ou toalhinha escura
Um voluntário da plateia

PARA PREPARAR:

Você vai precisar recortar duas argolas de papel idênticas. Elas devem ser grandes o suficiente para que o barbante possa passar pelo seu centro — alguns centímetros de largura, no máximo. Na verdade, pode aproveitar para recortar várias outras a fim de usar para *praticar, praticar, praticar*. No entanto, para o truque em si, vai precisar de apenas *duas*.

MOVIMENTO MÁGICO SECRETO:

Antes de a plateia chegar, esconda uma das argolas de papel dentro da manga.

PASSOS:

1. Escolha um voluntário da plateia.

2. Coloque a segunda argola de papel no barbante, depois passe as pontas do barbante para seu voluntário. Peça para ele segurar com firmeza e depois para erguer o barbante para todos verem.

3. Explique que planeja remover a argola do barbante sem estragar a argola, o barbante, o lenço nem os dedos do seu voluntário... tudo em menos de dez segundos.

10... 9... 8...

4. Cubra o barbante (e a argola) com o lenço e comece a contagem regressiva. DEZ, NOVE, OITO, e assim por diante. Coloque as mãos embaixo do pano.

MOVIMENTO MÁGICO SECRETO:

Com cuidado, rasgue a argola de papel do barbante e a coloque dentro da manga vazia. Depois, retire a argola escondida da outra manga.

5. Quando chegar a UM, retire a mão segurando a argola de papel *intacta* de baixo do pano. *Hm... como assim?*

....1!

6. Com a outra mão, tire o lenço do barbante, mostrando à plateia que o barbante está inteiro e que o voluntário não o soltou em momento nenhum. *Viva!*

7. Faça uma reverência!

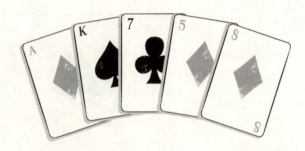

VINTE E TRÊS

A manhã estava clara e o céu sem nuvens. Quando Leila, Carter e os dois srs. Vernon chegaram ao endereço do advogado, o sol já estava a caminho de murchar o vale verdejante e aquecer os rios que serpenteavam pelas colinas ao redor.

A casa de tijolos tinha dois andares. Terrenos baldios cercavam a propriedade dos dois lados e, além, havia áreas densas de mato e arbustos. Um apito de trem soou ao longe, e um vento quente balançou as árvores ao redor. O nome do advogado na porta parecia pintado recentemente, levando o sr. Vernon a erguer uma sobrancelha.

O Outro sr. Vernon empurrou a porta. Do outro lado de um espaço comprido, havia uma escrivaninha grande e algumas cadeiras dispostas em semicírculo. As

OS ARTEIROS MÁGICOS: A SEGUNDA HISTÓRIA

duas da esquerda estavam ocupadas pelo sr. e pela sra. Varalika. O casal se levantou, quase tremendo, enquanto os Vernon se aproximavam com as crianças.

Atrás da escrivaninha, estava um homem alto com um terno cinza apertado. Seu cabelo loiro estava penteado para trás, e o nariz grande fez Leila pensar no bico de uma águia ou de outra ave de rapina.

— Vocês devem ser os Vernon. — O homem alto se levantou e estendeu a mão, mas apenas o sr. Vernon a apertou, e com relutância. — Eu sou o advogado Sammy Falsk — ele se apresentou, e depois lançou um olhar intimidante para Leila. Quando ele sorriu, ela estremeceu. Seus dentes eram amarelos como canários numa mina de carvão. — Essa mocinha deve ser Leila. Os Varalika me atualizaram de sua situação. Sentem-se, por favor.

Houve um som perto da porta da frente. Leila se virou e viu uma segunda escrivaninha, onde outro homem estava trabalhando — um homem estranhamente baixo com um bigode preto grosso e chapéu-coco —, datilografando em uma máquina de escrever antiga. Parecia ser um sócio ou colega do sr. Falsk. Não prestou atenção nenhuma nela.

O Outro sr. Vernon se acomodou em uma das cadeiras duras, olhando ao redor com desconfiança.

— Parece que se mudaram há pouco tempo — ele murmurou.

— Sim, sim, somos novos nessa cidade graciosa — o advogado Sammy Falsk respondeu.

★ 207 ★

Ao se sentar, Leila procurou um pouco de si nos rostos do casal Varalika, tentando distinguir traços que já pudesse ter visto em seu próprio reflexo. As narinas da mulher pareciam familiares. E as orelhas do homem eram altas e finas, como as dela. Mas parava por aí: as narinas de uma mãe biológica e as orelhas de um pai biológico. Nem todas as crianças se pareciam com os pais, mas a relação genética de Leila com os Varalika não parecia forte. Isso não foi nenhum alívio.

Ela tinha conseguido fazer todo o seu espetáculo sem se deixar paralisar por medo do palco, mas temia que, se lhe fizessem uma pergunta agora, seus lábios travariam e ela ficaria incapaz de falar. Parecia uma armadilha da qual não conseguiria escapar. Carter encontrou os olhos dela e piscou. Isso ajudou um pouco. *Que bom que ele está aqui*, pensou.

OS ARTEIROS MÁGICOS: A SEGUNDA HISTÓRIA

O advogado Sammy Falsk sentou-se diante da escrivaninha grande, fazendo sinal para os outros se sentarem. Começou uma ladainha com ar solene:

— Sou especialista em direito familiar desde que me entendo por gente, o que, permitam-me dizer, foi há muito tempo. Meu primeiro caso envolveu um casal que estava tentando recuperar a custódia do filho depois de ambos terem desaparecido durante uma expedição a... — A voz monótona dele continuou sem parar.

Tudo em que Leila conseguia pensar era o que faria se fosse obrigada a morar com essas pessoas que nem conhecia. Como seria diferente a casa de uma professora e um banqueiro em comparação com uma loja mágica de verdade?

— ...depois disso — continuou o advogado —, fiz uma viagem adorável a Madri com minha terceira esposa, cujo nome completo era Francesca Domingue de Louisa Maria Benedictine Marzipan, que cresceu no sul de...

Leila tentou acompanhar a história, mas era tão absurda que a mente dela ficava vagando e seus olhos observavam o espacinho tristonho do escritório. Ela notou que o advogado perto da entrada estava cantarolando uma música baixo. Leila pensou que era algo muito estranho de se fazer durante uma discussão jurídica séria. A camada de pó na sala era espessa; a luz matinal que atravessava as janelas cobertas de jornal tinha um tom sonolento de amarelo. Seus pais ouviram por educação, mas estavam com os rostos austeros,

★ 209 ★

as sobrancelhas baixas, as bocas duras, as mãos no colo. Já os Varalika sorriam sem parar.

E o advogado continuou:

— O que me traz de volta a meu argumento original. Não se pode confiar que um gato domesticado...

O sr. Vernon o cortou:

— Sinto muito por interromper, mas se importaria em voltar ao assunto em questão?

Sammy Falsk, o advogado, se inclinou à frente.

— Assunto? Sim. Vamos lá. — Ele folheou alguns papéis em um envelope pardo em cima da mesa. — Tenho aqui uma certidão de nascimento com todas as datas e com os nomes dos presentes. Pammy, Bob, Leila. Os Varalika. Tudo oficial.

O homem perto da entrada continuava a cantarolar. Leila reconheceu a velha canção popular "Ó, querida Clementina". O som era como unhas subindo pela espinha de Leila.

O sr. Vernon ergueu a mão.

— Queria dar uma olhada, se possível. — Mas, quando o advogado Sammy Falsk deu o documento na mão de Vernon, uma mancha escura surgiu no centro e se espalhou rapidamente até a página ficar completamente preta. Leila se lembrou do pai executando um truque parecido na loja de mágica com uma almofada de tinta na palma da mão. A sra. Varalika soltou um grito agudo. — Minha nossa — disse o sr. Vernon com um dar de ombros —, me perdoe. Erro meu. Imagino que tenha outra cópia?

OS ARTEIROS MÁGICOS: A SEGUNDA HISTÓRIA

— Na verdade — disse o advogado, o rosto vermelho enquanto tirava outro papel da pasta —, tenho sim. Mas devo pedir que tome mais cuidado com esta. Pode olhar, mas *não* tocar.

Leila não teve coragem de se aproximar para dar uma olhada. Como se notasse seu desconforto, Carter pegou a mão dela, e ela suspirou. O Outro sr. Vernon se levantou, debruçando-se sobre a escrivaninha, espiando a certidão de nascimento. Ele ficou boquiaberto.

— Parece de verdade.

O sr. Vernon cutucou as costas dele.

— Um mágico sabe que nem tudo o que parece verdade realmente *é*, meu querido.

A música continuou:

— *Ó querida, ó querida...*

Leila notou que Carter também parecia incomodado pela música.

— Qual exatamente é seu objetivo em nos trazer aqui hoje? — o sr. Vernon perguntou aos Varalika.

— Não é óbvio? — Pammy respondeu. — Precisamos encontrar um jeito de levar nossa filhinha de volta para casa.

Leila sentiu o sangue se esvair de seu rosto. A sala balançou, e ela se segurou na lateral da cadeira para não cair. O Outro sr. Vernon segurou seu antebraço com firmeza, enquanto Carter continuava a apertar sua mão.

— Que pedido interessante — disse o sr. Vernon com um sorriso.

✦ 211 ✦

Por que ele parece feliz?, Leila pensou. Não. Não feliz. Havia algo em seus olhos que era... o quê? Ardiloso? Seguro de si? Leila se perguntou se havia algum jeito de pegar um pouco do que ele estava sentindo. Era definitivamente melhor do que o desamparo que a estava apertando como cordas em volta de seu tronco.

— Entendemos que não será um processo fácil — o advogado continuou. — Mas gostaria de dar andamento hoje mesmo a algum tipo de negociação para permitir que Leila passe um tempo com os Varalika. Para conhecê-los. Devagar. Com tempo. Obviamente não pediríamos nenhuma mudança abrupta.

— É claro que não. Mudanças *abruptas* são as piores de se fazer. — O sr. Vernon assentiu com empatia. — Como aparecer na cidade depois de anos e pedir para uma menina mudar toda a vida dela.

— Dante, por favor — o Outro sr. Vernon disse baixo. Depois se voltou para Leila: — Essa decisão não cabe a mim nem a seu pai. Cabe a você. E vamos apoiá-la, qualquer que seja. Por favor, nos diga: é algo que *você* gostaria de fazer, Leila?

— Eu... eu não...

Leila ainda estava esperando que uma resposta chegasse a ela, lhe dizendo o que sentir. Agora, tudo não passava de ansiedade, raiva, confusão, raios, trovões e ventos de tempestade e vacas voadoras e talvez um pouquinho de uma música alegre de Dorothy sobre lugares

OS ARTEIROS MÁGICOS: A SEGUNDA HISTÓRIA

além do arco-íris, que era exatamente onde Leila queria estar. Sua pele se avermelhou de calor e dor. Ela apertou a chave embaixo da blusa, e isso a trouxe de volta à terra.

Carter começou a apertar sua mão de um jeito estranho. Ela olhou de soslaio para ele, mas ele manteve os olhos intencionalmente fixos no advogado cantarolando. Em poucos segundos, Leila reconheceu o que Carter estava fazendo: criando um padrão, enviando uma mensagem em código Morse para ela.

••• ——— ••• / ••• ——— ••• / ••• ——— •••

SOS. SOS. SOS. O sinal universal de emergência.
Ela apertou de volta, respondendo:

——•— ••— •— •—•• / ——— /
•——• •—• ——— —••• •—•• • —— •— ••—••

Os advogados não pareceram notá-los se comunicando dessa forma. Falsk continuou tagarelando sobre os "próximos passos" e que a lei estava do lado *dele*.

Nesse meio-tempo, Carter apertou mais em código Morse. Leila foi decifrando devagar.

—•—• ——— —• •••• • —•—•• ——— /
• ••• ••• •— /
—— ••— ••• •• —•—• •— /

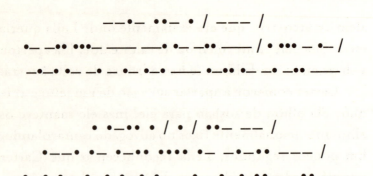

Leila não conseguiu evitar se levantar de espanto. Todos se voltaram para ela.

— Leila? — perguntou o sr. Vernon. — O que foi?

Mas Leila não conseguiu responder. Havia coisa demais acontecendo na cabeça dela.

Não, pensou. *Não pode ser. O que um membro da velha trupe de Bosso estaria fazendo aqui...* Então ela se tocou. *Tudo nessas pessoas... O sr. e a sra. Varalika. E se... e se eles* não *forem meus pais de verdade?*

— O que vocês sabem sobre chaves? — ela perguntou com a voz aguda.

A sra. Varalika pareceu confusa.

— Chaves?

Na verdade, os dois srs. Vernon também ficaram confusos. Apenas Carter pareceu entender.

O homem baixo perto da porta parou de cantarolar. Ele se voltou para eles, um brilho estranho no olhar.

— Sim. *Chaves*. Ou, melhor... uma chave em particular.

OS ARTEIROS MÁGICOS: A SEGUNDA HISTÓRIA

Algo passou pelos olhos dos Varalika.
— Não sabemos muito — a sra. Varalika respondeu, tensa. — Elas destrancam coisas. Portas e tal?
Foi tudo de que precisava. Leila tinha certeza. A menção de sua chave deveria ter feito todo o sentido para eles! Não foram essas pessoas que a deixaram na porta do Abrigo para Crianças de Madre Margaret. Ela nunca permitiria que eles a levassem a lugar nenhum. Então, teve um pensamento mais assustador: *Se não são meus pais biológicos, o que estão fazendo aqui? Por que mentiriam?*
A mensagem de Carter retornou a seu cérebro. *Palhaço carrancudo.* E se não fosse apenas um membro da antiga trupe de Bosso que estava na cidade? E se fossem *todos* eles?
— Deixa para lá — ela disse, com um nó na garganta. — Eu estava... confusa. Desculpa. — Assim que voltou a se sentar, começou a bater no braço da cadeira. Vernon notou.

O sr. Vernon assentiu em sinal de que entendeu a filha.
— Bom, isso tudo parece esplêndido! Que reunião maravilhosa. Vocês têm nosso número de telefone, então, por favor, nos liguem mais tarde. Tenho certeza de que poderemos resolver tudo. Mas, por enquanto, nossa família precisa ir.

— Ainda não, por favor — disse o advogado falso. — Temos muito para analisar.

— Outra hora! — o sr. Vernon exclamou.

Ele acenou para o Outro sr. Vernon. Sem hesitar, cada sr. Vernon pegou uma criança pela mão e as guiou em direção à saída através do corredor comprido. Mas os Varalika passaram correndo por eles e bloquearam a saída. O homem que estava cantarolando se levantou e se juntou a eles. Os três estavam agora em pé no meio caminho, e nenhum sorria.

O advogado Sammy Falsk se juntou a seus parceiros na frente da porta. Todos os três homens enfiaram a mão nos bolsos dos paletós e tiraram porretes pretos compridos que pareciam grossos o bastante para deixar uma pessoa inconsciente. Carrancudo, o sr. Varalika falou:

— Vocês e seus pirralhos não vão a lugar nenhum.

VINTE E QUATRO

— Eles são os palhaços carrancudos do circo de Bosso! — Carter gritou. — Reconheci pela música!

— E não são meus pais de verdade — Leila acrescentou, apontando para os Varalika. — Não sabem sobre a minha chave.

Os Vernon não entenderam, mas confiaram em sua filha. Assumiram posição entre as crianças e os palhaços carrancudos.

Os quatro bandidos se entreolharam e sorriram.

— Essas crianças são *muito espertas*, não? — o homem baixo zombou, arrancando o bigode preto do lábio superior e o jogando de lado.

— Quieto, Tommy — disse o sr. Varalika. — É melhor não ficarem se achando. — Arrancando a peruca da careca, acrescentou: — Nossa, como isso coça.

— Afastem-se — disse o Outro sr. Vernon, com os punhos cerrados com firmeza. — Não queremos que ninguém se machuque.

— Nosso chefe nos mataria se deixássemos vocês irem embora tão cedo — disse a sra. Varalika, tirando um porrete menor da bolsa antes de dar um passo à frente e obrigar o grupo a recuar de volta para o escritório.

— Seu chefe? — Carter perguntou. — Quer dizer que Bosso escapou da prisão?!

— Bosso? — perguntou Falsk com uma gargalhada. — Aquele palhaço velho nunca esteve no comando de nada nem de ninguém. Creio que não conheceram nosso *verdadeiro* líder.

— Verdadeiro líder? — Leila repetiu, sua confiança

OS ARTEIROS MÁGICOS: A SEGUNDA HISTÓRIA

habitual retornando ao corpo de repente. Agora que sabia da farsa, era mais fácil retrucar. — Quem é?

Os quatro ex-palhaços carrancudos apenas riram baixo.

O sr. Vernon ergueu a mão e a baixou rapidamente. De súbito, fumaça começou a subir do chão, rodopiando em volta da família, escondendo-os dos bandidos.

— Rápido! Sigam-me!

Mas, antes que Leila pudesse se mover, notou que estava sendo puxada para trás.

Ela gritou, chamando através da fumaça:

— Pai! Papa! Socorro!

A voz do advogado de mentira ressoou enquanto segurava os braços de Leila atrás das costas dela.

— Se quiserem manter a menina em segurança, vão parar onde estão!

Enquanto a fumaça se dissipava, o sr. Vernon ergueu as mãos para se render. Os Varalika os cercaram. O advogado falso apontou com a cabeça para o batente nos fundos da sala.

— Vão andando. Todos vocês. Para o porão. E nada de gracinhas.

Um lance de escadas descia para as trevas. Falsk empurrou todos à frente. Leila foi a última, e lembrou quase com carinho do armário do Abrigo de Madre Margaret. Ser trancafiada num armário por valentonas era muito melhor do que ser empurrada por palhaços

★ 219 ★

carrancudos sinistros. Leila quase tropeçou escada abaixo, mas seus pais a seguraram. Do alto da escada, o advogado de mentira gritou:

— Teríamos amarrado vocês, mas vimos o que Leila consegue fazer com um nó. Mas veremos se ela consegue escapar de um porão.

Os quatro bandidos acenaram, depois fecharam a porta. Momentos depois, a porta estremeceu enquanto martelavam pregos no batente. Sombras encheram a visão de Leila no pé da escada. Seus pais chegaram imediatamente ao seu lado, ajoelhando-se e abraçando-a na escuridão. O sr. Vernon perguntou:

— Você está bem, meu amor? Machucaram você?

— Estou bem — Leila sussurrou. — E vocês?

— Não se preocupe conosco — disse o Outro sr. Vernon. — Desculpe termos aceitado trazer vocês aqui. Foi um erro terrível.

O grupo se acomodou perto um do outro. Os olhos de Leila estavam começando a se acostumar com a escuridão quando Carter tirou a fiel lanterna da bolsa e a acendeu.

— *Ó, querida Clementina* — sussurrou Carter, apontando a luz pelo espaço, mas o feixe não iluminou nada. As paredes eram muito distantes. — Muitas semanas atrás, quando o segurança de Bosso me levou para o trailer do circo dele, um dos palhaços carrancudos estava cantando essa música. Levei um tempo para associar.

— Belo trabalho com o código Morse, vocês dois —

OS ARTEIROS MÁGICOS: A SEGUNDA HISTÓRIA

disse o sr. Vernon. — Existem motivos por que guardo tantos livros diferentes na loja de mágica. E a maioria não é porque pretendo vender.

— Pode agradecer à Ridley — disse Leila —, se um dia conseguirmos escapar.

Seu pai ergueu a sobrancelha.

— Como assim, *se*? Você é Leila Vernon. Consegue escapar de qualquer coisa!

Passos soaram no alto. Os ex-palhaços estavam andando de um lado para o outro.

— O que será que estão tramando? — Carter perguntou. — Será que vão nos machucar?

O Outro sr. Vernon o silenciou.

— Escutem.

Uma voz abafada disse algo como:

— ...encontrem os outros na loja, precisamos achar aquele livro...

Em seguida, passos se moveram em direção à entrada. Houve um rangido e uma porta batendo. Depois, um silêncio perturbador ecoou pelo escritório velho.

Os dois srs. Vernon correram até o alto da escada e empurraram a porta.

— Sem sorte. Fecharam com pregos — disse o Outro sr. Vernon.

Os pais de Leila voltaram a descer a escada.

— Poderia me emprestar a luz por um momento? — Vernon pediu. Ele pegou a lanterna de Carter e vasculhou

✴ 221 ✴

o cômodo. — Sem janelas, sem pás, sem martelos ou pés de cabra para arrombar a porta. Uma pena eu não ter um machado grande na manga.

Nesse exato momento, a lanterna iluminou uma prateleira vazia. Vernon foi examiná-la, depois a empurrou de lado. Atrás dela, uma porta enferrujada estava embutida na fundação de pedra do prédio.

Leila e Carter perderam o fôlego. O Outro sr. Vernon espiou na escuridão.

— O que há de errado? O que estão vendo? — ele perguntou.

Carter engoliu em seco de nervosismo.

— A porta é igual a uma que descobrimos no porão do casarão do Carvalho Grandioso. O símbolo em cima da fechadura...

Leila fez uma careta e logo o interrompeu:

— O mapa que encontramos no resort indicava que havia túneis de contrabando embaixo da cidade. — Ela piscou para Vernon. — Mas, enfim, você já devia saber. Já que o mapa era *seu*.

— Meu?

— Aquele na caixa de metal enterrada embaixo do piso de pedra da ala abandonada do casarão — esclareceu Carter.

Leila acrescentou:

— Aquele que foi decodificado por uma moeda de cifra que apareceu magicamente na nossa loja de mágica?

OS ARTEIROS MÁGICOS: A SEGUNDA HISTÓRIA

Um breve sorriso impressionado perpassou o rosto do sr. Vernon.

— Mas aquele não era *meu* mapa.

— *O mapa do Círculo de Esmeralda*, então — disse Carter. — Achamos que a chave da Leila se encaixaria na fechadura, mas não.

Leila sentiu como se uma prensa estivesse esmagando suas têmporas. Ela queria apertar o punho de Carter para fazê-lo se calar, mas já era tarde. Seus pais coçaram a testa, confusos.

— Chave? — perguntou o sr. Vernon. — Que chave?

Carter levou a mão à boca e olhou para Leila, apavorado. Ele sabia que tinha revelado o segredo.

— Era disso que estava falando lá em cima, filha? — perguntou o Outro sr. Vernon. — Quando questionou se aqueles farsantes sabiam algo sobre...

Leila suspirou e assentiu. Ela se sentia exausta por guardar esse segredo. Já havia passado da hora de contar a seus pais o que ela vinha guardando para si por tanto tempo — prova de seu passado, prova de que seus pais biológicos a haviam considerado o suficiente para deixar uma lembrança, uma pista de onde tinha vindo, de quem realmente era, da pessoa que era capaz de se tornar.

Puxando a corrente em volta do pescoço, ela finalmente mostrou a chave para os pais. O sr. Vernon não pôde conter sua surpresa. Seu queixo caiu como um alçapão num palco.

★ 223 ★

As palavras saíram de sua boca, parecendo que ela estava falando dentro de um sonho.

— Pai, papa... muito antes de conhecer vocês, quando me abandonaram no batente do Abrigo de Madre Margaret, puseram essa chave na minha cestinha. Eu a guardo desde então. Nunca contei para vocês porque... bom, não queria que pensassem que eu precisava estar ligada à minha antiga vida. Amo muito vocês. Mas não consegui deixar essa lembrança para trás. Sinto que às vezes... ela ajuda a me manter em segurança.

Os homens apertaram as mãos, depois deram outro abraço forte em Leila. Eles a apertaram tanto que lágrimas quase escorreram.

— O Círculo de Esmeralda usava essa antiga chave-mestra para acessar os túneis e destrancar outras portas em Mineral Wells — disse o sr. Vernon. — Nós a mantínhamos guardada em um esconderijo na loja de mágica para que todos pudéssemos usar quando quiséssemos.

Algo nessa frase fez soar um alarme na cabeça de Leila.

— Isso significa que... alguém do Círculo de Esmeralda é um dos meus pais biológicos?

O sr. Vernon a fitou por uns segundos, as engrenagens girando, como se tentasse pensar numa resposta.

— Isso eu não sei, Leila — ele disse por fim, com sinceridade. Por enquanto, Leila deixou a pergunta de lado. — Vamos ver se essa coisa velha ainda funciona. — O sr. Vernon guiou o grupo na direção da porta enferrujada.

OS ARTEIROS MÁGICOS: A SEGUNDA HISTÓRIA

— Tentamos a chave numa porta do Carvalho Grandioso no outro dia — disse Carter. — Sem sorte.

Leila enfiou a chave na fechadura e, como imaginava, não girou.

— Ah, sim — disse o sr. Vernon. — Mas essa é uma fechadura especial. E você está segurando uma chave especial.

Leila sentiu todo o corpo vibrar, como se seu pai estivesse prestes a revelar o segredo de um dos seus truques mais enigmáticos. Ela disse:

— Mas não funciona.

— Uma chave só funciona se você souber como usar — o sr. Vernon disse. — E a *chave de um mágico* pode ser ilusória.

— Despiste — Leila sussurrou.

Ela olhou para a chave, em particular para a ponta com a decoração do naipe de paus. Talvez aquilo não fosse ornamental coisa nenhuma. Ela tirou a corrente, depois inseriu a chave — ao contrário — na fechadura. Dessa vez, quando girou o punho, a velha porta enferrujada emitiu um *clique* metálico alto — satisfatório em todos os sentidos — e se abriu.

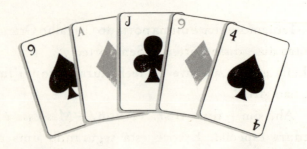

VINTE E CINCO

A família Vernon correu através da escuridão. O sr. Vernon apontou a lanterna, direcionando o brilho à frente. Carter segurava o mapa dos túneis, tentando discernir exatamente onde estavam.

O túnel tinha poucos metros de largura e cerca de um e oitenta de altura. Algumas partes pareciam ter sido esculpidas por antigos lençóis freáticos; as paredes eram de pedra lisa com os cantos recortados perto do topo. Outras partes pareciam ter sido talhadas diretamente através do leito de pedra pelas enxadas de contrabandistas. Em algumas áreas, vigas de madeira arqueavam no alto, dando sustentação contra o peso da terra. Em outras, o grupo tinha de passar por cima de pilhas de pedra que haviam caído a esmo do teto ao longo dos anos, enfraquecendo

OS ARTEIROS MÁGICOS: A SEGUNDA HISTÓRIA

a estrutura. Leila tropeçou em um mastro caído no chão. Havia trilhos de ferro percorrendo o túnel, ligados por ripas de madeira como trilhos de trem.

— Onde o Círculo de Esmeralda conseguiu a chave-mestra, pai? — Leila perguntou, a voz ecoando na escuridão.

— Ah, não contei? — o sr. Vernon perguntou. Mas então ficou quieto.

— Não — Leila respondeu. — Não *contou*, pai. Você nunca conta.

— Me perdoe — ele respondeu baixo. O Outro sr.

Vernon acariciou suas costas. — A verdade é que sinto um pouco de vergonha de onde meu antigo clube conseguiu essa chave-mestra.

— Vergonha? — perguntou Carter. — Por quê?

O sr. Vernon desembuchou:

— Nós a roubamos do pai de Sandra.

Sua declaração ecoou em volta deles.

Aos poucos, a ficha caiu na cabeça de Leila, reverberações de significado percorrendo seu corpo. Perguntas encheram seu cérebro. Durante todo esse tempo, ela havia achado que o que mais queria eram respostas. Agora, tinha pavor de finalmente as descobrir, mais ainda do que de o túnel desabar.

Mesmo assim, continuou:

— Por quê... por que o pai de Sandra tinha a chave afinal?

— Ele era o ferreiro de Mineral Wells — o sr. Vernon respondeu simplesmente. — Criou uma chave-mestra especialmente para o antigo prefeito. O sr. Santos também foi quem construiu as portas de metal que fecharam os túneis embaixo da cidade. O prefeito temia que as pessoas passassem aqui embaixo e as passagens desabassem, por isso contratou Santos para criar uma chave que impedisse a entrada dos invasores.

— Invasores como o Círculo de Esmeralda? — Carter perguntou.

— Exato!

OS ARTEIROS MÁGICOS: A SEGUNDA HISTÓRIA

Leila e Carter se entreolharam, confusos. Eles avançaram com cautela, seguindo o sr. Vernon na direção do que torciam para ser o centro de Mineral Wells e outra porta enferrujada que a chave de Leila pudesse destrancar.

— Infelizmente, o medo do prefeito se tornou realidade — continuou o sr. Vernon. — Mas a única vítima foi o homem que tentava proteger a cidade. O pai de Sandra morreu aqui embaixo quando um dos túneis desmoronou. Ela ficou devastada.

— Que terrível! — disse Carter.

Leila sentiu seu rosto ficar quente.

— Coitadinha.

O sr. Vernon concordou com a cabeça.

— Sandra ficou tão angustiada que escondeu o mapa e a chave do resto do Círculo de Esmeralda, para que ninguém mais voltasse a se machucar. Vocês foram muito inteligentes em resolver o enigma dela e descobrir seu segredo enterrado há tanto tempo.

— Mas — Carter continuou, franzindo a testa — nada disso responde como a chave foi parar com *Leila*.

O sr. Vernon olhou de rabo de olho para o marido.

— É melhor falarmos baixo — disse o Outro sr. Vernon. — Se aqueles palhaços voltarem para o escritório de advocacia e descobrirem que saímos do porão, podemos acabar revelando nossa localização. — O sr. Vernon assentiu de novo, depois apontou para uma abertura sombreada na parede do túnel.

★ 229 ★

O Outro sr. Vernon foi o primeiro a passar — os ombros curvados para não bater a cabeça no teto baixo —, atento a qualquer sinal de perigo.

Enquanto Leila seguia Carter, ela segurou o ar. Concentrou-se em se orientar na escuridão, embora não soubesse ao certo o que aconteceria quando voltassem para a luz. Será que o pai de Sandra Santos tinha sido a *única* pessoa a morrer ali embaixo? A mente de Leila estava a mil. E se trombassem com um esqueleto — um de verdade dessa vez? E se ele começasse a dançar como o do porão do resort? E os espíritos que Sandra havia chamado para o auditório na noite anterior? E se eles ainda estivessem em Mineral Wells?

Pedrinhas caíram de uma rachadura no teto, e todos paralisaram, com pavor de que mais um movimento provocasse uma perigosa reação em cadeia. Depois de alguns momentos de tensão, as pedrinhas pararam de cair, e o grupo passou com cautela pela rachadura.

Quando chegaram a uma bifurcação no túnel, o sr. Vernon apontou para um caminho escuro.

— Por aqui. Acho.

— Você acha? — perguntou o Outro sr. Vernon.

Carter estendeu o mapa na frente do raio da lanterna.

— Ele tem razão. Estamos na direção certa.

— Obrigado, meu rapaz.

— Agradeça aos contrabandistas — Carter acrescentou — e pela loja de mágica já ter sido um clube de jazz.

OS ARTEIROS MÁGICOS: A SEGUNDA HISTÓRIA

Eles foram seguindo em frente. Mais adiante, o papa de Leila parou.

— Alguma coisa aqui lhe parece familiar?

— Parece tudo igual, se é o que quer dizer — disse o pai dela. — Parece um labirinto, não? — Isso não foi nada tranquilizador. O sr. Vernon pareceu perceber que o rosto de Leila era o retrato da preocupação. — Mas, enfim, a vida é um labirinto que devemos percorrer de olhos vendados. Não é?

— Essa foi meio batida — seu papa respondeu. — Mas tudo bem.

Leila fez "psiu" para eles, contrariada por ter que fazer o papel de pai.

— Ali! — Carter gritou.

Leila seguiu o olhar dele e notou que o raio da lanterna tinha pousado no que parecia uma escada de pedra. No alto, havia outra porta enferrujada. Se tudo estivesse certo, seria a saída.

Deixando a precaução de lado, Leila correu à frente, apertando a chave na mão. Ela apalpou até encontrar o buraco da fechadura e, então, enfiou a parte de trás da chave dentro dele. Com um *clique*, o trinco se abriu. Quando empurrou a porta, ela cedeu com um rangido.

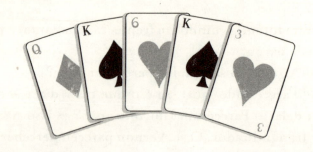

VINTE E SEIS

Passando por uma cortina de veludo empoeirada para dentro de um cômodo escuro, Leila reconheceu um cheiro familiar — mofado, mas reconfortante, trazendo sentimentos doces e felizes à superfície. O raio da lanterna revelou uma mesa dobrável encostada a uma parede de pedra. Havia caixas de papelão empilhadas por toda parte, marcadas com tinta preta: ÓCULOS DE RAIOS X, CRÂNIOS FALANTES, GARRAFAS DE DUENDES GRANDES, LÁPIS DE BORRACHA. Eles estavam no porão da loja de mágica!

— Conseguimos! — disse Carter, tirando teias de aranha úmidas dos túneis de seus ombros. Mas, antes que alguém pudesse dizer mais alguma coisa, um estrondo soou no andar de cima.

Outro barulhão reverberou na sequência. O sr.

OS ARTEIROS MÁGICOS: A SEGUNDA HISTÓRIA

Vernon fez sinal para ficarem quietos. Acenou para irem em direção à escada. Eles subiram, com cuidado para não pisar nos degraus mais rangentes.

No alto, os quatros entraram na loja de mágica e viram alguém escondido atrás do balcão.

— Quem está aí? — perguntou o sr. Vernon, dando um passo à frente e estendendo os braços para proteger o resto do grupo.

Uma voz rouca falou baixo:

— Dante?

— Sandra? — Leila disse, correndo até ela. Ela encontrou a mulher agachada ao lado do balcão, usando um vestido roxo-escuro. Numa mão, ela segurava sua grande bolsa cor de vinho com a bola de cristal bordada. Sandra olhou para Leila com espanto, depois se levantou. — Vocês me assustaram! — Ela voltou o olhar para os outros. — De onde surgiram?

Carter apontou para a porta do porão. Sandra arfou.

— Pensei que... pensei que talvez alguns dos espíritos estivessem atrás de mim. — Sua voz se ergueu dramática, e ela levou a mão à testa.

Leila olhou para a loja ao redor. Estava um caos. Livros tirados das estantes, gavetas arrombadas, objetos mágicos espalhados para todo lado.

— O que está fazendo aqui, Sandra? — A voz do sr. Vernon estava áspera.

O Outro sr. Vernon parou ao lado dele.

❧ 233 ❧

— A porta estava trancada. Como entrou aqui?

As bochechas de Sandra ficaram vermelhas.

— Ah, bem, passei para ver como Leila estava, para ver se estava tudo bem depois de ontem à noite. Encontrei a porta aberta e a loja bagunçada. Pensei que tinham sido roubados! — A voz dela tremia. — Estava prestes a subir a escada quando vieram do porão.

O sr. Vernon abanou a cabeça.

— Você *sabia* que estávamos encontrando aquele casal e o homem que se diz advogado deles, *não* sabia?

— Eu não sabia nada sobre esse encontro — Sandra respondeu, parecendo confusa. — Como eles foram arranjar um advogado tão rápido?

— Aí é que está — disse o Outro sr. Vernon. — Eles não arranjaram.

Leila estreitou os olhos para Sandra, tentando enxergar atrás do fingimento da mulher. Para a surpresa de Leila, sua própria voz saiu fria, como uma pedra gélida no fundo de um lago congelado:

— Eles não eram quem diziam ser... Eram os palhaços carrancudos de Bosso. Mas não trabalham para Bosso. Trabalham para outra pessoa. Quando tentamos sair, nos trancaram no porão. Escapamos através dos antigos túneis de contrabando e voltamos para a loja.

Sandra abanou a cabeça em choque.

— Que bom que estão bem. Essas pessoas parecem *horríveis*!

OS ARTEIROS MÁGICOS: A SEGUNDA HISTÓRIA

— Existem muitas palavras que eu usaria para descrevê-los — o Outro sr. Vernon rosnou. — Horríveis seria a mais gentil.

Carter se aproximou do balcão e passou os dedos por várias pilhas de livros-caixa de capa marmorizada.

— São iguais ao caderno que o macaco tentou roubar do escritório do sr. Vernon. Costumam ficar arrumadinhos atrás do balcão. Se alguém invadiu a loja para roubar, por que os empilharia aqui? A menos que... — Seus olhos se arregalaram quando uma ideia passou pela sua cabeça. — A menos que quem invadiu estivesse procurando pelo mesmo caderno, o do escritório do sr. Vernon.

Sandra deu um passo rápido para longe de Carter, mas não antes de ele pegar outro caderno marmorizado da bolsa de bola de cristal dela e o erguer. Sandra deu um grito, depois olhou para Leila, que ficou horrorizada.

O grupo encarou Sandra em silêncio espantado.

Depois de alguns segundos, Sandra falou baixo:

— Eu posso explicar.

Uma vertigem violenta pareceu esmagar a cabeça de Leila, e ela teve de se apoiar numa estante para não desmaiar. *Não... não... não pode ser verdade...* Tudo que ela havia admirado nessa mulher caía por terra... *Por favor,* Leila pensou. *Por favor, não deixe que ela diga o que sei que vai dizer... que está do lado dos vilões...*

— Eles não deveriam machucar vocês — Sandra continuou. — *Em hipótese alguma,* eu disse. Eu os fiz me *prometerem.*

★ 235 ★

O sr. Vernon apertou o ombro do Outro sr. Vernon. Sua voz embargou ao dizer:

— Ah, Sandra... como você pôde?

— Tive de fazer isso — ela disse. — Você não entende, Dante. Kalagan me obrigou. Você sabe como ele trabalha. Consegue obrigar qualquer um a fazer qualquer coisa.

Leila ficou surpresa ao se ouvir repetir o nome.

— Kalagan?

Os olhos de Sandra se arregalaram.

— Um hipnotista. Ele tem poderes... poderes *terríveis*.

— O único poder que Kalagan já teve foi o de manipular as pessoas — o sr. Vernon vociferou. — Ele nunca foi autêntico.

— Ele é autêntico o bastante — disse Sandra. — Não importa se *acredita* nele ou não... Sempre vai tentar destruir o que não pode controlar. E, quando estiver no controle, você vai *acreditar* no que ele quer que você acredite.

Carter perguntou:

— Quem é Kalagan?! Do que vocês estão falando?!

Vernon buscou a fotografia antiga em tons de sépia do Círculo de Esmeralda. Estavam todos ali — jovens e cheios de vida, ânimo e amor uns pelos outros. Sandra estava segurando sua bola de cristal. Bobby Boscowitz abria um sorriso maroto. Um menino de óculos estava sentado com um boneco no colo. Atrás dele, Lyle Locke — o pai de Carter — ria enquanto Dante Vernon observava, perdido em pensamentos. E, no canto do grupo, uma

OS ARTEIROS MÁGICOS: A SEGUNDA HISTÓRIA

figura de capa e cartola ficava nas sombras, como se encolhido da luz, tentando se esconder dos outros. A mente de Leila voltou à ala abandonada do Carvalho Grandioso, e ela se lembrou das mensagens e dos símbolos escritos nas paredes, no quadro e nas pedras do piso do porão. Tudo aquilo tinha sido obra dessas crianças. O grupo já havia sido muito unido. Mas agora havia chegado ao fim. Eles tinham se separado, se dispersado ao vento. Bosso se transformara num tirano, e agora Sandra...

Leila ergueu a voz:

— No casarão, vimos iniciais entalhas na parede. *K* e *A*. Kalagan e... quem mais?

Sandra inspirou fundo.

— Meu nome completo é Alessandra Santos. Não sei dizer quantas vezes risquei o que ele escrevia. Mas Kalagan sempre fazia de novo. Ele era obcecado por mim.

O olhar de Sandra estava febril, desesperado.

O sr. Vernon apontou para a figura obscurecida na fotografia.

— *Este* é Kalagan. — Leila foi arrancada de sua imaginação e levada de volta à loja de mágica. Vernon olhou para Sandra, com um olhar doloroso. — É

o motivo por que o Círculo de Esmeralda se separou tantos anos atrás. O incêndio no hotel... a vela, e o truque que imploramos para ele não fazer...

O coração de Leila disparou — então seu pai *sabia* sobre o acidente na ala abandonada, afinal. E tinha sido obra de Kalagan! Os olhos de Carter se voltaram para os dela, enviando uma mensagem secreta de compreensão.

O sr. Vernon suspirou.

— O que ele pediu para você fazer, Sandra?

Lágrimas mancharam o rímel preto dos cílios de Sandra e escorreram por seu rosto como uma maquiagem de palhaço borrada.

— Tudo começou com o macaco.

Era uma frase tão ridícula que, se Leila não estivesse tão enjoada, poderia ter gargalhado.

— Foi o que desconfiei. — O sr. Vernon assentiu com o ar de quem sabia das coisas. — Macacos não costumam invadir apartamentos no meio da noite.

Sandra riu e depois fungou.

— Macacos também não costumam seguir as ordens de donos de parques lunáticos. Mas, de alguma forma, Bosso conseguiu treinar o bichinho para fazer a vontade dele. Quando Bosso foi pego, alguns de seus palhaços escaparam. Mas nunca foram a trupe *dele* de verdade. No fim das contas, sempre atenderam a Kalagan. O *verdadeiro líder*. Ele mandou os palhaços enviarem o macaco para invadir seu escritório, a fim de pegar um livro em que

★ 238 ★

OS ARTEIROS MÁGICOS: A SEGUNDA HISTÓRIA

você estava escrevendo, mas então o pequeno vira-casaca se recusou a voltar. Então... quem Kalagan mandou para completar a tarefa do macaco?

— Foi por *isso* que você voltou a Mineral Wells? — Carter perguntou, espantado. Ele apertou o caderno com firmeza embaixo do braço, depois pousou as mãos em cima dos livros no balcão. — Para roubar o sr. Vernon?

Sandra baixou a cabeça, incapaz de responder.

— Naquela noite, no jantar, depois de pedir licença para ir ao banheiro, vasculhei o escritório de Dante discretamente atrás do livro. Sem sorte. Imaginei que pudesse tê-lo trazido para a loja. Mas então o macaco gritou; quase morri de susto. Fiquei tão afobada que levei um tombo. Parecia que o macaco queria que eu fosse pega.

O sr. Vernon mordeu o lábio inferior.

— Realmente imaginei que havia algo estranho.

— Soube na hora que tinha de sair de Mineral Wells para nunca mais voltar. — Sandra fungou e então estremeceu. — Mas Kalagan não permitiu. Deu um jeito para que o gerente do Carvalho Grandioso me oferecesse um espetáculo. E pensei que, se Leila se apresentasse comigo, toda a sua família ficaria fora da loja por tempo suficiente para que os palhaços entrassem discretamente e achassem o livro.

— Quer dizer que... não me achava talentosa *de verdade*? — Leila perguntou.

Parecia que Sandra estava arrancando suas pétalas, atirando-as no chão, e depois pisando nelas com o calcanhar.

★ 239 ★

— Seu talento é inquestionável, minha querida. Mas não era o que eu tinha em mente naquele momento. — Ela abanou a cabeça e tentou tocar no ombro de Leila. A garota recuou, e Sandra pareceu pensar melhor. — Essa próxima parte é difícil de admitir. Como Dante se recusou a aparecer, Kalagan me obrigou a fazer algo que eu nunca quis. Preferia ter morrido a ter feito aquilo... mas fiz. Concordei com a parte dos "Varalika", dizendo que eram pais de Leila. — Sandra se virou para Leila. — A gangue de palhaços de Kalagan iria machucá-la se eu não obedecesse... Eu estava tentando manter você e seu pai em segurança. — Ela cobriu o rosto e irrompeu em lágrimas. — Estou... estou tão envergonhada.

A dor de Leila foi substituída por uma raiva súbita. Ela inflou como um balão de ar quente, que continuou a se encher até pensar que poderia explodir.

— Eles me machucaram *sim*! Fingiram ser meus pais!

— Eles machucaram você, sim, mas... ainda está *viva*!

Leila queria botar Sandra para fora da loja. Para fora de Mineral Wells. Para fora de sua vida, de suas memórias, de todo o universo! Em vez disso, perguntou baixo:

— Não poderia simplesmente ter pedido o livro? Não poderia ter contado a verdade?

O sr. Vernon ficou encarando Sandra, à espera da resposta. Sandra olhou para o caderno embaixo do braço de Carter.

— Dante não estaria disposto a entregar este livro a

OS ARTEIROS MÁGICOS: A SEGUNDA HISTÓRIA

ninguém, muito menos para Kalagan. Não preciso de poderes mediúnicos para saber. É um livro de nomes. Nomes de pessoas que...

— Basta — interrompeu Vernon, incisivo, fazendo Sandra tapar a boca com a mão. Então ele se animou de repente. — Está na hora de Sandra ir... Obrigado pela visita! Não volte nunca mais!

— Mas, pai! Temos tanto a descobrir. E Kalagan? — Leila encarou Sandra, contendo o medo e o nervosismo. — Naquela tarde em que estava falando sozinha no saguão do resort... ele estava lá, não? Estava falando o que queria que você fizesse. E então nos bastidores, atrás da cortina durante seu espetáculo... Mas você não queria ouvir.

— E-eu... — Sandra começou, mas pareceu não conseguir falar mais.

— Certo. Então só tenho mais uma pergunta... — Leila começou.

Antes que pudesse terminar a frase, ela ouviu um motor barulhento do lado de fora da loja. Um carrinho minúsculo e vermelho de palhaços estacionou no meio-fio, e o estouro do escapamento ecoou por toda a rua. Pammy e Bob Varalika saltaram para fora da porta de passageiro, seguidos pelo homem que tinham chamado de Tommy, depois mais duas crianças e um adulto. Por último, mas não menos importante, mais alto do que eles e com um sorriso maligno, estava o advogado falso em pessoa, o sr. Sammy Falsk.

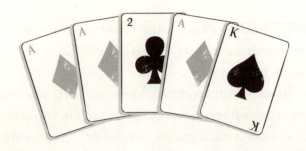

VINTE E SETE

Antes que a família Vernon tivesse a chance de barricar a porta, os sete ex-palhaços entraram na loja. Eles empunhavam porretes e tinham expressões ameaçadoras no rosto. Uma pancada de uma daquelas armas deixaria um galo do tamanho de um ovo na cabeça. Senão pior. Sammy Falsk pegou Carter pelo punho e o imobilizou num mata-leão.

— Soltem-no! — Leila berrou.

— Todos quietos — o advogado de mentira vociferou antes de voltar a atenção para Vernon. — Eu perguntaria como saíram do porão, mas nosso líder nos avisou que você poderia usar mágica.

— Solte o garoto — o sr. Vernon disse.

— Não — o bandido rosnou.

OS ARTEIROS MÁGICOS: A SEGUNDA HISTÓRIA

— Quem são vocês? O que querem? — perguntou o Outro sr. Vernon.

— Somos os antigos palhaços carrancudos — Sammy zombou. — Mas podem nos chamar de Jimmy, Timmy, Tommy, Tammy, Sammy, Pammy e Bob.

— Esses nomes são tão bobos quanto vocês — Carter grunhiu.

— Cale a boca, moleque! — gritou Sammy.

Leila observou os intrusos. No mesmo instante, se deu conta de que os sete vilões eram os mesmo sete voluntários do espetáculo de Sandra no palco do Carvalho Grandioso. Então seus amigos tinham razão — até a apresentação de Sandra foi tão falsa quanto ela.

— Como podem ver, estamos em maior número — disse Sammy. — Então recomendo que cooperem. Queremos apenas um livro. Você o encontrou, Sandra?

Sandra abanou a cabeça.

— Não. Mas não importa. Eles não vão entregar o livro. É melhor os deixarmos em paz.

— De que lado você está, afinal? — questionou a sra. Varalika.

— Entregue o livro, Dante — o sr. Varalika disse com um tom ameaçador, erguendo o porrete sobre a cabeça de Carter. — Ninguém vai sair daqui até isso acontecer.

O sr. Vernon ergueu as mãos.

— Está bem, está bem! Vou lhes dar o que querem. Apenas... soltem o garoto. Não machuquem ninguém.

243

— Nos dê o livro — disse a sra. Varalika. — E sem truques desta vez! Sou alérgica a fumaça e névoa falsa!

— Seria melhor guardar segredo sobre isso — Leila murmurou.

— Não se preocupem! — sr. Vernon exclamou. — Não tenho nada nas mangas.

— É o que os mágicos sempre dizem — Jimmy grunhiu. — Que seja verdade dessa vez.

Leila estremeceu, desejando que tudo acabasse logo. Ela queria Sandra fora da loja. Não aguentava ficar perto de uma mentirosa tão terrível, ainda que a mulher estivesse tentando ajudá-los agora. Ainda que pudesse estar...

Pela janela, Leila viu Theo, Ridley e os gêmeos atravessando o parque na direção da loja. *Ah, não*, pensou. Todos haviam combinado de se encontrar na loja depois da reunião com o advogado. Mas Theo, Ridley, Olly e Izzy não faziam ideia de que estariam em perigo se atravessassem a rua. Leila tentou manter a expressão neutra, para que os bandidos não se virassem e vissem os outros arteiros. Ela apertou a mão do seu papa, que apertou em resposta. Ele também os tinha visto.

— Acho que meu livro deve estar nos fundos da loja — disse o sr. Vernon. — Se todos fizerem o favor de me seguir.

— Não, não — Sammy alertou. — Todos não. Dona Varalika, vá a senhora. E tome cuidado. Esse homem tem as mãos ágeis.

— Não tenho medo — disse a sra. V. — Eu tenho *punhos* ágeis.

★ 244 ★

OS ARTEIROS MÁGICOS: A SEGUNDA HISTÓRIA

Leila ficou espantada de ver como a mulher parecia diferente de antes. Leila mal conseguia acreditar que havia chegado a pensar que a sra. Varalika pudesse tê-la dado à luz de verdade. Pammy seguiu o sr. Vernon, que parecia deslizar por entre as mesas e vitrines da loja como se seus pés sequer tocassem o chão.

A garota observou com pavor enquanto Theo, Ridley e os gêmeos se aproximavam da porta da loja. Torceu para que percebessem o que estava acontecendo, mas o sol estava forte demais lá fora — os outros arteiros só conseguiam ver os próprios reflexos na vitrine. O sininho soou com a entrada deles. Quando a porta bateu em Sammy, o homem alto teve um sobressalto, trombando em Tommy.

Carter se soltou de Sammy e correu para dentro da loja, afastando-se dos bandidos. Leila gritou para os amigos:

— Cuidado! São os palhaços carrancudos!

Theo, Ridley, Olly e Izzy se moveram para a direita, para longe das mãos de Timmy e Jimmy, e para dentro do espacinho atrás do balcão.

Assim que a porta se fechou, o caos irrompeu.

— *Peguem aquelas crianças e encontrem o livro!* — Sammy berrou.

Os outros palhaços carrancudos dispararam à frente. Olly e Izzy fizeram uma dancinha rápida, desviando do sr. Varalika. Quando se aproximaram dele, os dois camundongos saltaram dos bolsos de seus coletes para as lapelas do paletó do homem. O sr. Varalika ficou branco e soltou um grito agudo de pavor. Ele correu diretamente contra o

★ 245 ★

peito de Sammy. Os ex-palhaços trombaram um no outro enquanto os camundongos faziam uma corrida de obstáculos pelos corpos dos dois, saltando de mãos espalmadas para joelhos erguidos para pés se debatendo.

Os dois gêmeos exclamaram:

— *Isso!*

Eles estavam impressionados que seus camundongos tinham finalmente conseguido realizar um truque, ainda que não fosse um dos treinados.

— Vai, *Ozzy*! — gritou Olly.

— Pegue esse homem, *Illy*! — torceu Izzy.

(Ufa! Finalmente acertei os nomes!)

Mas então os camundongos sumiram, e os dois homens foram deixados em paz, olhando encabulados para os gêmeos. Sammy estreitou os olhos e grunhiu:

— Vocês vão pagar por isso.

Os gêmeos se deram os braços. Olly saltou por sobre Izzy, chutando as pernas no ar, acertando os dois homens no rosto com as pontas engraxadas de seus sapatos de couro. Os vilões se desequilibraram e derrubaram uma pilha de dentaduras de dar corda, que caíram no chão. Pequenas mandíbulas saltaram, mordendo seus calcanhares. Olly caiu em pé e depois disparou para um lado. Izzy correu na direção oposta. Os homens se livraram das dentaduras aos pontapés e, então, correram atrás dos dois — Sammy na direção de Olly, Varalika na direção de Izzy.

Enquanto isso, Theo e Ridley se moveram para dentro

★ 246 ★

OS ARTEIROS MÁGICOS: A SEGUNDA HISTÓRIA

da loja, mas nenhum dos dois chegou muito longe. Tammy saiu de baixo de uma mesa na frente de Ridley e prendeu um porrete entre os raios da roda dela. A cadeira de Ridley empacou, quase a derrubando.

— Não encoste na minha cadeira! — Ridley gritou. Depois sorriu e acrescentou: — Quer ver um truque incrível? — A menina ficou tão surpresa pela oferta que realmente parou e ergueu os olhos arregalados para Ridley.

Ridley pegou três argolas de bronze da mesa.

— Olhe! Totalmente separadas. Totalmente sólidas! — Ela girou as argolas nos punhos e, então, as bateu umas nas outras. Tammy empalideceu com o barulho. Quando Ridley exibiu as argolas de novo, estavam encaixadas uma na outra.

— As coisas nem sempre são o que parecem ser, menininha.

Ela alinhou as argolas de novo e as atirou na cabeça e nos ombros da garota. Elas deslizaram e prenderam os braços dela junto ao corpo. Tammy soltou um grito agudo e se contorceu, sem conseguir se mexer. Ridley tentou tirar o bastão da roda.

A poucos metros dela, Tommy estava empunhando o bastão e avançando contra Theo. Enquanto recuava, Theo saltou em outra mesa, chutou alguns livros para o lado, e sacou seu arco de violino mágico do bolso da calça. Ele o apontou como uma varinha de bruxo na direção do homenzinho sorridente.

— Não se aproxime — Theo disse. — Estou avisando! Tenho poderes secretos que você *não* quer ver. — Tommy

✦ 247 ✦

se jogou embaixo da mesa e sumiu do campo de visão.

— Droga — Theo sussurrou consigo mesmo, tentando espiar por sobre a beirada para encontrá-lo.

Do outro lado da loja, Leila e o Outro sr. Vernon se amontoavam no centro do cômodo, confusos pela comoção. Sandra os observava, paralisada perto da janela da frente. Quando Cartola saltou de trás de um jarro de vidro cheio de flores de plumas, Sandra soltou uma exclamação de surpresa. Ela se jogou no chão e rastejou até a lateral de uma estante. Leila tentou ir atrás, mas seu papa a abraçou junto a si.

Perto dos fundos da loja, a sra. Varalika apertava o ombro de Vernon, cravando as unhas compridas através do paletó dele e em sua pele. A estante na parede dos fundos se abriu de repente, e Carter saltou para fora, pegando a mulher de surpresa. Ela ergueu os dois braços devagar, com ar dramático, e, antes que a sra. Varalika pudesse gritar, vários baralhos de cartas saltaram das mãos dele, disparando furiosamente na direção dela, os cantos afiados cortando seu rosto.

Foi toda a distração de que o sr. Vernon precisava. Leila piscou, e seu pai não estava mais do lado da mulher. Ele havia entrado no elevador secreto que ficava embutido numa das colunas embaixo do mezanino e subido velozmente para o parapeito.

O turbilhão de cartas tirou o equilíbrio da sra. Varalika, que caiu na direção da estante, puxando uma prateleira solta. Quando ela caiu no chão, alguns dos volumes mais pesados tombaram em cima.

OS ARTEIROS MÁGICOS: A SEGUNDA HISTÓRIA

Um momento depois, Vernon surgiu no mezanino, segurando um pedaço de corda branca.

— Pegue! — gritou, jogando-o para Leila, que o pegou com uma mão.

Timmy avançou na direção dela, com os braços estendidos como se para pegá-la e fazê-la refém. Rapidamente, Leila passou uma ponta da corda para seu papa. Juntos, eles a esticaram e correram na direção de Timmy, batendo a corda nele como um varal e o fazendo voar para trás e cair de costas.

— Você está bem? — Leila perguntou ao papa.

Mas, antes que ele pudesse responder, Timmy se levantou de um salto e derrubou o papa no chão. Timmy ergueu os punhos e estava prestes a acertar um soco nele. Rapidamente, Leila transformou a corda em um laço e prendeu os punhos do bandido. Ela deu um puxão, fazendo-o cair para trás. Quando ele tentou pegar a menina, ela enrolou a corda em volta dos punhos do homem duas vezes, depois se jogou entre as pernas dele e enrolou a corda em torno de uma delas, apertando bem. Os punhos e uma perna dele ficaram amarrados em um nó impenetrável.

— Sammy! — ele gritou. — Ela me pegou! Eu já era!

Mas Sammy estava ocupado segurando Olly pelo colarinho, tendo finalmente apanhado o garoto. Olly choramingou e olhou ao redor em busca de Izzy.

— Você gosta de animais de balão? — Sammy perguntou, enfiando a mão dentro do paletó e tirando vários balões de cores vivas. — Sei fazer uma girafa *de matar*. — Ele encheu os balões rapidamente como um profissional, depois os ergueu perto da orelha de Olly e os apertou. Eles explodiram ao mesmo tempo, fazendo um barulho de fogos de artifício dentro da loja pequenina. Olly se crispou e caiu no chão, apertando as orelhas. Sammy olhou ao redor pela loja. — Alguém já encontrou o livro?

— Trabalhando nisso — veio uma voz áspera da escada em espiral.

A mulher robusta que se denominou Jimmy subia os degraus lentamente, mas com firmeza.

— Leila! — Vernon gritou do mezanino. — Vá buscar ajuda!

— Não posso deixar vocês aqui com eles — disse Leila.

— *Nós* somos a ajuda, sr. Vernon! — Theo gritou do alto da mesa, erguendo o arco mágico do violino.

Ele se virou para encontrar Tommy saltando na direção dele. Calmamente, Theo apontou o arco para uma caixa de feijões mexicanos saltitantes perto dos seus pés. A caixa se ergueu da mesa e tombou. Os feijõezinhos caíram no chão em uma massa espasmódica e saltitante. Tommy sorriu e os chutou para o lado. O homem baixo segurou o canto da mesa e começou a chacoalhá-la, tentando tirar o equilíbrio de Theo.

Leila saltou por cima do balcão, depois se agachou no chão e começou a revirar as caixas, buscando o que poderia salvar a todos. Algemas!

★ 250 ★

— Eu avisei — disse Theo, movendo o arco do violino sobre a cabeça de Tommy. Com uma torção do punho de Theo, o homenzinho baixo subiu de repente a vários centímetros do chão. Ele soltou um grito de surpresa. Theo firmou os pés, afastando o arco da ponta da mesa para longe do alcance de Tommy. O homem baixo estava imobilizado, suspenso logo acima do chão. E Theo parecia estar conduzindo uma sinfonia. — Seus planos são detestáveis, assim como seus nomes de *rimas ridículas*!

Sammy berrou:

— Jimmy! Varalika! Rápido, Vernon está tramando alguma coisa!

Mas, enfim, o mesmo podia ser dito de Jimmy. Ela finalmente havia chegado ao mezanino e estava avançando na direção do sr. Vernon, encurralado no cantinho. Do bolso largo do vestido verde, ela tirou um estojo de maquiagem de palhaço e o abriu, revelando uma esponja de pó de tamanho extraordinário. Pó branco se derramou quando ela pegou a esponja nos dedos grossos. Ela correu até Vernon e bateu na cara dele, envolvendo-o em nuvens de poeira asfixiante. O sr. Vernon tossiu e ergueu o braço, tentando bloqueá-la, mas ela continuou atacando, como uma máquina a vapor em um trilho reto.

Ridley notou o sr. Varalika encurralando Izzy perto da chapeleira. Ele estava segurando uma espada grande que Ridley reconheceu da vitrine embaixo do balcão da frente. Izzy parecia estar jogando uma versão complexa de adoleta, batendo a palma da mão no homem toda vez que ele se aproximava dela, mas Varalika não desistia.

Com um último soco, Ridley finalmente soltou o porrete da roda. O porrete rolou pelo chão, passando por pouco pelo narizinho fofo de Tammy. Ainda sem conseguir fazer nada além de rolar de um lado para o outro, a menina gritou em fúria.

Ridley segurou as rodas e se empurrou o mais rápido que pôde. A cadeira voou à frente, batendo na parte de trás das pernas do sr. Varalika. Os joelhos dele cederam quando a menina deslizou para fora do seu caminho, depois ele caiu no chão, se contorcendo de dor. A espada caiu com um estalo ressoante.

Izzy comemorou, mas arregalou os olhos logo em seguida. Ridley notou uma sombra grande lançada na parede: alguém estava se assomando por trás de sua cadeira. Ela virou o cotovelo na direção de um dos braços da cadeira e apertou um botão secreto. Água esguichou dos guidões, acertando os olhos de Sammy. Ele cambaleou para trás com um urro de frustração. Ridley girou e o acertou nas canelas com os apoios para as pernas. Ele gritou de agonia e cambaleou para longe dela.

— Não se mexe com uma menina e sua cadeira! — ela gritou.

Izzy viu Olly no chão no lado oposto da loja. Ela correu até ele e segurou sua cabeça, sussurrando no ouvido dele.

Leila notou seu pai no mezanino, se debatendo contra

OS ARTEIROS MÁGICOS: A SEGUNDA HISTÓRIA

a esponja de pó de Jimmy, se defendendo dela com os cotovelos erguidos. Tentando se concentrar, ela revirou as gavetas atrás do balcão. Onde estavam aquelas benditas algemas?

— Dá... para... *por favor... parar com isso!* — o sr. Vernon engasgou entre um e outro ataque de pó de Jimmy.

A mulher se lançou para cima dele de outro ângulo, mas perdeu o equilíbrio e tombou no parapeito. Houve um som de estalo e estampido quando a madeira se quebrou, e o corpo dela passou pelo balaústre com estrondo por sobre o mezanino. Ela caiu com um *vup* barulhento em cima do sr. Varalika no andar de baixo.

O sr. Varalika rastejou por baixo de Jimmy. Ele notou os gêmeos abandonados e se levantou com dificuldade, mas o Outro sr. Vernon bloqueou seu caminho, erguendo-se diante do bandido.

— Ah, não vai, não. — O Outro sr. Vernon tirou um pacotinho de papel, bem dobradinho, do bolso da calça. Ele o abriu e derramou um pó vermelho na palma da mão. — Você gosta com *pimenta*? — ele perguntou. Sem esperar pela resposta, ele soprou o pó vermelho diretamente na cara de Varalika, que urrou e caiu no chão novamente, espirrando e esfregando os olhos ardendo.

Vendo que seu grupo estava perdendo, Sammy se recompôs e correu até a espada caída.

O sr. Vernon gritou uma distração, usando um despiste clássico:

— Procurando por isto? — Ele ergueu um caderno de

★ 253 ★

capa marmorizada por sobre o parapeito. Sammy correu escada acima, com a espada em punho.

— Joga aqui! — Carter saiu de trás das estantes no meio da loja.

O sr. Vernon lançou o livro-caixa para ele. Sammy se virou e correu atrás dele, mas, antes que conseguisse encostar, o livro pareceu sumir das mãos de Carter.

— Olhe o que encontrei! — exclamou Theo do alto da mesa.

OS ARTEIROS MÁGICOS: A SEGUNDA HISTÓRIA

Agora era ele quem estava segurando o caderno. Ele o soltou, mas o livro continuou a flutuar na frente dele, girando devagar, hipnoticamente, alguns centímetros acima de onde Tommy estava levitando.

Ridley se aproximou dele e pegou o livro-caixa no ar. Correu pelo corredor em sua cadeira, como se desafiasse o bandido a uma corrida. Ele saiu freneticamente do caminho dela, mas ela conseguiu bater nele com o caderno enquanto passava.

— Chega! — Sammy gritou.

Ele era o único palhaço carrancudo ainda de pé.

Com a espada em punho, girou e saltou na frente da cadeira de Ridley, parando-a com o pé. Ridley levou um tranco, e outra vez quase caiu da cadeira.

Sammy pegou o livro-caixa das mãos de Ridley e abriu a capa rapidamente. Seu rosto ficou roxo ao ver o que havia dentro: um volume ilustrado de truques de mágica simples. O título no alto da folha de rosto era *Mágica para idiotas!* Ridley riu baixo e tentou recuar com a cadeira, mas Sammy atirou o livro no chão e pisou numa das rodas, imobilizando a garota. Ele ergueu a espada e a apontou para o peito de Ridley.

— Se não nos entregar o livro nos próximos três segundos — ele gritou para o sr. Vernon —, vai se arrepender *muito*.

Leila se levantou de trás do balcão. Ela finalmente havia encontrado o que estava procurando.

— Um! — Sammy gritou. Os arteiros ficaram paralisados. — Dois! — Leila ergueu os olhos para o pai, que abanou a cabeça, não querendo que ela se movesse. — Três!

Sammy avançou a espada na direção do esterno de Ridley quando um movimento súbito surgiu atrás dele, e uma pancada alta ecoou por toda a loja de mágica. O homem caiu no chão feito um saco de bolinhas de gude.

Sandra estava em pé segurando um objeto brilhante atrás de Sammy inconsciente. Era sua bolsa grande, aquela com a bola de cristal bordada. Sandra colocou a mão dentro dela e tirou uma bola de cristal *de verdade*.

★ 256 ★

OS ARTEIROS MÁGICOS: A SEGUNDA HISTÓRIA

Ela olhou para Jimmy, tentando se levantar, e gritou para ela:

— Qualquer movimento súbito, e prevejo um futuro muito doloroso.

Presto pousou no parapeito do mezanino. Gritou:

— *Futuro doloroso!*

Sandra estendeu a mão para Leila. Sem conseguir processar tudo que havia acontecido, Leila não soube mais o que fazer. Ela puxou o punho de Sandra na direção de Sammy e os algemou um ao outro, depois saiu de perto.

Quando Sandra notou as algemas a prendendo, Leila já havia trancado mais dois pares em torno dos tornozelos pequeninos de Tammy e Tommy. Atirou um par de algemas para Carter, que as prendeu no sr. e na sra. Varalika. Um último par foi lançado para seu papa, que uniu os punhos de Jimmy e Timmy. Os olhos do sr. Varalika ainda estavam inchados, e ele gritou pateticamente:

— Vamos fazer *coisas muito ruins com todos vocês* se não nos soltarem neste instante.

Ridley pegou a espada caída e apertou a ponta da lâmina na mão, mostrando a todos como ela se retraía.

— Estou bem! A espada é falsa! — Ela secou o suor da testa, depois sussurrou consigo mesma: — A espada é falsa...

Carter, Theo e Leila se reuniram perto da cadeira de Ridley, perguntando se ela estava bem. Naturalmente, Ridley resmungou:

— Já disse que estou! — Izzy cambaleou com Olly,

★ 257 ★

que parecia prestes a se recuperar do estouro do balão. Ridley estendeu a mão para o compartimento no braço de sua cadeira e tirou alguns pacotinhos curativos. — Mas e vocês? Quem precisa de um curativo?

Segundos depois, os dois srs. Vernon juntaram Leila e Carter em seus braços. Pó branco de palhaço ainda pairava no ar, como fumaça depois de uma batalha.

O grupo ouviu quando o som de sirenes do lado de fora começou a ficar mais e mais alto.

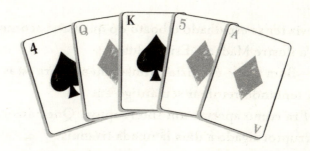

VINTE E OITO

Quando todos se foram e o sol começou a mergulhar novamente no céu, os Vernon começaram a arrumar a loja.

Leila e Carter desceram para o porão. Atrás da cortina de veludo, ele fechou a porta enferrujada, e ela usou a parte em forma de paus da chave-mestra para trancar a fechadura de uma vez por todas.

A manhã seguinte chegou de repente, e Leila acordou de supetão.

Ela pediu para o pai a levar para a cadeia da cidade. Precisava ter uma conversa cara a cara com Sandra Santos.

A delegacia e a cadeia ficavam do outro lado do parque e alguns quarteirões depois da prefeitura. Leila se obrigou a acelerar o passo, e erguer a cabeça, mesmo quando as pessoas na rua lhe lançavam olhares estranhos.

NEIL PATRICK HARRIS

Já devia ter se espalhado o boato do que havia acontecido com a ilustre Madame Esmeralda.

— Bom dia! — ela dizia animadamente para essas pessoas, tentando retomar seu antigo eu.

Era como apertar um interruptor. Quer dizer, um interruptor ligado a uma lâmpada trêmula.

O sr. Vernon caminhava ao seu lado, comentando sobre a claridade do céu e a canção dos pássaros e a música dos trens ressoando do outro lado da cidade. Leila sabia que ele só falava para preencher o espaço entre eles e, agora, não via mal algum nisso. Tinha certeza de que, se ele falasse de algum assunto importante, ela acabaria revelando seus próprios planos e suspeitas e, com o seu velho ou novo eu, isso era algo que ainda não estava preparada para fazer.

Na entrada da cadeia, Leila perguntou ao pai se poderia entrar sozinha. Ele pareceu surpreso, mas fez que sim, erguendo uma mão de luva branca como se para mostrar o caminho à frente. O delegado levou Leila por um longo corredor até uma cela iluminada apenas por uma janelinha minúscula. E, na janela, havia uma fileira de grades pretas e grossas incrustradas na parede de pedra.

— Srta. Santos, a senhorita tem visita.

Sandra se sentou no catre encostado à parede. Seus brincos em forma de estrelas brancas estavam emaranhados em seu cabelo comprido e encaracolado. Quando percebeu quem tinha vindo vê-la, ela cobriu o rosto e abanou a cabeça.

★ 260 ★

OS ARTEIROS MÁGICOS: A SEGUNDA HISTÓRIA

— Leila — ela murmurou por entre os dedos —, vá para casa. Aqui não é lugar para uma menina como você.

— Uma menina como eu? E que tipo de menina seria essa? — Leila disse, a voz firme e forte, ainda que por dentro soubesse que estava prestes a embargar. — Sou mais do que apenas um rosto sorridente e uma amiga solidária. Sou mais do que as pessoas pensam ver.

Sandra olhou para o delegado e acenou com a cabeça. Ele se virou e as deixou a sós.

— Vim à procura de respostas — explicou Leila. — E não estou falando de nenhuma baboseira mediúnica, em que você me faz olhar para dentro de mim mesma e perceber coisas que já sei. Estou falando de *fatos*.

Sandra suspirou.

— Que fatos deseja saber?

— Promete que vai me contar a verdade?

— Farei o meu melhor.

— Por que você fez aquilo? Por que veio até aqui?

— Pensei ter explicado tudo para vocês ontem.

— Certo. Aquele tal de Kalagan… e o livro do meu pai. — Leila estreitou os olhos, tentando entender Sandra. A mulher parecia perdida. Derrotada. E não apenas pelos Arteiros Mágicos. Havia outra coisa acontecendo na mente dela. Algo mais… *profundo*. Trancado e acorrentado. Era o segredo que Leila tinha vindo desvendar. — Você disse que Kalagan é um hipnotista. Ele é bom em obrigar as pessoas a fazer coisas que não querem fazer. Imagino que isso signifique que você não teria voltado a Mineral Wells se não fosse por ele?

Os olhos de Sandra ficaram frios.

— Não. Acho que nunca teria voltado.

Ela estava escondendo algo. Algo que não queria enfrentar.

— Então, ele hipnotizou você?

— Talvez. — A voz dela se encolheu como um grasnar.

— Não acredito nisso — disse Leila. — Acho que você queria voltar a Mineral Wells há muito tempo. — Sandra não respondeu. — Acho que tinha alguma coisa aqui que queria ver com seus próprios olhos... alguma coisa que não tinha nada a ver com Kalagan ou o antigo Círculo de Esmeralda. — Agora Sandra desviou os olhos, pendendo a cabeça e se envolvendo nos próprios braços. — Sei que não quis machucar ninguém, Sandra. Muito menos *eu*. Apesar de todas as tramoias e todo o planejamento, creio que eu seja importante para você. Pude ver isso em seus olhos no momento em que nos conhecemos. E você tentou me revelar pistas que não entendi a princípio. Coisas que estava tentando me contar, mas não conseguia falar diretamente, a maior delas foi sua "previsão" no jantar sobre como minha chave se tornaria importante nos próximos dias. Você sabia que talvez eu precisasse sair através dos túneis. — Leila tentou engolir a secura em sua garganta. — A maior pergunta é como sabia que eu tinha a chave, para começo de conversa.

Sandra respondeu sem erguer os olhos.

★ 262 ★

OS ARTEIROS MÁGICOS: A SEGUNDA HISTÓRIA

— Sou médium, lembra?

— Médium ou não... acho que há outro motivo para saber sobre ela. — Tremendo, Leila tirou a corrente do pescoço e deixou que ela pendesse na frente das grades da cela. — E acho que o motivo é que foi você quem a deu para mim. — Sandra se empertigou. Virando a cabeça devagar, ela encontrou o olhar de Leila. Seus olhos estavam vermelhos e lacrimejantes. Leila mordeu o lábio inferior para que não tremesse. Ela se recusava a chorar por conta disso. Não agora. Nem nunca. — Você é minha mãe biológica. Não é?

Sandra levou quase um minuto para responder. Para Leila, pareceu uma eternidade.

Finalmente, Sandra fez que sim. Ela se levantou e se aproximou da porta da cela. Fez menção de pegar a mão de Leila, mas a garota não lhe deu a mão, e Sandra recuou rapidamente.

— Você sabia desde o começo que eu estava aqui? Com os Vernon? — Leila perguntou.

— Fiquei sabendo que Dante havia adotado você. Era... tudo que eu poderia ter desejado.

— Por que me deixou no Abrigo de Madre Margaret? Você não me queria?

— Ah, eu queria sim, pequena. Mas não era possível... Sabe, Kalagan...

— Kalagan o quê?! — Leila se pegou gritando de repente. — Ele hipnotizou você na época também?

★ 263 ★

Sandra estava tremendo agora.

— Lembra a história que a sra. Varalika contou no palco durante o espetáculo? Eu a fiz praticar aquelas frases várias e várias vezes. Por que a história é minha.

— E-eu não sei o que pensar.

— Na época — Sandra continuou —, eu não tinha dinheiro para lhe dar o que você precisava. Alguém em que eu confiava...

— Kalagan — Leila sussurrou.

— Fui convencida a colocá-la para a adoção. Eu não queria, mas me fizeram acreditar que era o melhor para *você*. Foi o maior erro da minha vida.

Leila fungou.

— Isso tudo é a verdade ou uma mentira? Ainda está fazendo joguinhos comigo, como fazia com o Círculo de Esmeralda?

— As decisões que tomamos à medida que vamos crescendo nem sempre são preto no branco, Leila. Às vezes, há fumaça e espelhos. É fácil se confundir. E algumas pessoas, como Kalagan, são boas em usar essa confusão para tirar vantagem. Não... não houve um dia em que eu não tenha pensado em você. — Os olhos dela se arregalaram e seu lábio tremeu. — Deixei aquela chave em sua cesta na esperança de que um dia pensasse em mim também.

Leila deu um passo para trás.

— Não sei se consigo acreditar em *alguma coisa* que você diz.

OS ARTEIROS MÁGICOS: A SEGUNDA HISTÓRIA

— Eu entendo. Menti para você. É preciso confiança para acreditar. É preciso fé. Se um dia eu sair daqui — ela apontou para a cela úmida —, espero poder fazer você acreditar em mim.

— Você está com *muitos* problemas? — Leila perguntou. Sandra fez que sim. — Com a polícia... ou com Kalagan?

— Essa é a minha garota esperta: olhando em todos os ângulos diferentes. Era o que treinávamos durante os encontros do Círculo de Esmeralda. Há tantas maneiras de interpretar uma plateia e avaliar o risco e se preparar para o inesperado.

Leila não conseguiu conter um sorriso.

— Você não respondeu à minha pergunta.

Sandra piscou devagar.

— Eu estou com muitos problemas. Mas nada com que você deva se preocupar.

— Kalagan está aqui em Mineral Wells? — Leila perguntou. — Precisamos procurar por ele?

Então Sandra fez algo estranho. Ela abriu a boca para falar, mas não saiu nenhuma palavra. Ela ficou encarando Leila como se estivesse surpresa.

— Desculpa... Eu não consigo.

Quer fosse o poder do hipnotista sobre a mente de Sandra quer o próprio medo de Sandra que estava segurando sua língua, nesse dia, Leila não descobriria a verdadeira identidade de Kalagan.

(E, meus amigos curiosos, sinto dizer que vocês também não... não agora pelo menos.)

— Adeus, Sandra — Leila sussurrou. — Queria que nós... — A voz de Leila perdeu o fôlego.

Ela sabia que a mulher ainda estava sob o controle de alguém. Até esse controle ser rompido, Leila entendeu que nunca poderiam se conhecer de verdade.

A chave-mestra pendia do punho cerrado de Leila. Para a frente e para trás, para a frente e para trás. O pêndulo de um hipnotista. Leila manteve a voz baixa ao dizer:

— Meu pai me contou que o seu pai era o ferreiro de toda a cidade. — Sandra fez que sim. — Quer dizer que ele deve ter construído essa mesma cela de prisão.

Sandra sorriu ao pensar no pai.

— É muito provável que sim.

Leila baixou a chave na mão de Sandra.

— Então isso pode destrancar sua cela. Faça o que achar certo — Leila sussurrou, recuando. — Mas, por favor... espere até eu ir embora.

VINTE E NOVE

Leila encontrou o sr. Vernon esperando por ela logo depois de virar a esquina da cela. Ela perguntou:

— Você escutou tudo?

A maneira como ele apertou a mão dela lhe disse que sim.

No caminho para casa, conversaram sobre coisas de verdade, sem estarem mais acorrentados por segredos ou medos.

— Foi errado dar a ela minha chave-mestra? — Leila perguntou.

O sr. Vernon pensou por meio segundo.

— Era dela desde o começo. Deixe que ela faça o que quiser.

— Ao contrário de Bosso — Leila acrescentou —, Sandra tem uma consciência. Não acho que temos nada a temer.

— Não de Sandra pelo menos — Vernon acrescentou, embora sussurrando. Então, pela primeira vez na vida, Leila o ouviu balbuciar. — E-eu sei o que você está pensando.

Sentindo-se nervosa, Leila gracejou para levantar o astral:

— Por favor, não me diga que você também é vidente!

— Longe disso. — Ele fez uma pausa e depois sorriu. — Ao menos, espero que não. Saber o futuro não me parece a habilidade mais *útil* para um mágico. — Ele enfiou a mão no bolso do paletó e tirou uma varinha preta de ponta branca. Enquanto afastava as mãos, a varinha começou a flutuar entre elas. — Ao contrário de levitação. — Ele bateu as palmas uma na outra. A varinha se transformou num cassetete preto e grosso, que apertou no punho. — Ou transformação. — Ele soprou na ponta do cassetete e, antes que Leila tivesse tempo de piscar, o objeto havia sumido. — Ou desaparecimento. — Ele mostrou a mão vazia.

— Ou fuga! — Leila acrescentou com um salto e um giro zombeteiro para longe. — Então, me diga, pai. Em que *estou* pensando?

— Ah, sim — ele continuou, erguendo um dedo. — Você está se perguntando se eu sabia quem você era quando a conheci no Abrigo de Madre Margaret.

— Acho que estava *sim* pensando nisso — admitiu Leila. — E?

— A resposta é… não. E *sim*.

Confusa, Leila abanou a cabeça.

★ 268 ★

OS ARTEIROS MÁGICOS: A SEGUNDA HISTÓRIA

— Durante nossa turnê de mágica há muitos anos, quando apresentei meu espetáculo de caridade para as crianças de madre Margaret, o seu entusiasmo chamou minha atenção do fundo da sala. E, depois, quando conversamos, o brilho em seus olhos me fez lembrar de uma velha amiga.

— Sandra? — Leila pegou a mão dele enquanto atravessavam a rua.

Ele fez que sim.

— Eu estava viajando muito, aprendendo habilidades mágicas novas, fazendo amigos, me apresentando em tudo quanto é canto enquanto descobria o lado bom do mundo. Naquele tempo, já havia perdido o contato com Sandra, então nunca soube que ela havia dado à luz uma menina. E definitivamente não fazia ideia de que a tinha deixado sob os cuidados de outras pessoas. Então, quando conheci você, foi minha lembrança de Sandra que me deixou curioso para saber mais, porém foi *seu* espírito, minha menina valente e esperta, seu espírito que conquistou o meu coração e o do seu papa. Guardo com carinho a lembrança do dia em que trouxemos você para casa. Não a trocaria nem pela maior fatia de torta de Mineral Wells.

Leila ergueu a sobrancelha.

— Nem se fosse de merengue de limão?

— Nem se fosse de merengue de limão.

— Hmm — disse Leila. — Torta seria uma boa agora.

E, com isso, eles decidiram parar na Lanchonete da Rua Principal para comer uma guloseima.

Quando estavam perto da loja de mágica, Leila ficou surpresa ao encontrar Carter agachado na calçada, segurando a ponta de um barbante branco. A outra ponta estava enrolada em volta do corpo de um macaquinho loiro. Carter estava dando ao animalzinho pilhas de biscoitos amanteigados que tirava de pleno ar. O macaco parecia feliz em aceitar, enfiando cada biscoitinho em sua boca grande.

Depois de olhar dos dois lados, Leila atravessou a rua correndo, parou rapidamente e se ajoelhou.

— Onde você o encontrou?!

— Escondido embaixo do coreto no parque da cidade — Carter respondeu. — Eu o convenci a sair com esses docinhos e consegui prender a coleira em volta dele.

— Ah, ele é tãããooo fofo! — Leila exclamou.

Ver o macaco foi quase suficiente para fazê-la se esquecer de sua manhã terrível.

O sr. Vernon levou as mãos à testa.

— Imagino que não tenha ligado para o controle de animais, ligou, Carter?

— Ah, pai, não podemos ficar com ele? — Leila pediu.

O sr. Vernon fechou os olhos e suspirou. Ele parecia saber como isso terminaria.

OS ARTEIROS MÁGICOS: A SEGUNDA HISTÓRIA

Carter interveio, com os olhos azuis grandes e cheios de inocência:

— Bosso está preso com os palhaços carrancudos e o resto da trupe circense. O macaco é órfão.

— Assim como nós fomos — disse Leila. — Como podemos mandá-lo embora? Ele não merece amor como o resto de nós? — O sr. Vernon estava escutando, e Leila sentiu que estava prestes a ceder. — Além disso, imagine quantos fregueses um macaquinho de carne e osso não atrairia para a loja!

O sr. Vernon suspirou.

— Vou conversar com seu papa. Mas *talvez* possamos dar uma *chance* ao animalzinho.

— Esplêndido! — Carter exclamou. — Já pensei no nome perfeito.

— É mesmo? — perguntou Leila. — Qual?

— Bom, vocês já têm uma papagaia chamada Presto. Seria perfeito se ela tivesse um irmãozinho macaco chamado Abracadabra. — Com isso, o macaco ergueu os olhos para os três e abanou a cabeça como quem discorda do nome. Carter riu, antes de lembrar de sua amiga. — Como foi tudo? — perguntou a Leila.

— Vamos entrar e eu conto.

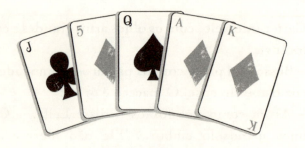

TRINTA

Uma semana depois, os Arteiros Mágicos voltaram a se reunir na loja de mágica. O sr. Vernon ficou de olho neles de seu lugar no balcão.

Presto estava pousada em seu poleiro, enquanto Abracadabra, o macaco, estava ocupado lanchando um potinho de sementes e nozes que o Outro sr. Vernon havia preparado. O macaquinho tinha sossegado bastante desde que Carter o trouxera para a casa. Abracadabra havia até se acostumado com sua coleira e sua corrente novas, e Carter estava tentando ensinar a ele o conceito de fazer desaparecer biscoitos amanteigados na palma da mão.

Claro, Abracadabra sempre os comia.

— É muito bom ter todos juntos de novo — disse Leila.

Carter acrescentou:

OS ARTEIROS MÁGICOS: A SEGUNDA HISTÓRIA

— Ainda mais sem uma gangue de palhaços tentando nos bater.

— Nem nossos pais conseguiriam nos manter longe — disse Ridley.

— O que *seria* de Mineral Wells sem os Arteiros Mágicos? — perguntou Theo.

— Izzy e eu *tínhamos* de voltar! — disse Olly.

— Pois é — concordou Izzy. — Precisávamos encontrar nossos camundongos. — Os gêmeos tiraram seus animais de estimação dos bolsos de seus coletes e os ergueram um perto do outro. — E eles já sabem um truque novo!

— Ah, sério? — perguntou Ridley, sem parecer convencida. — Que truque?

— Eles leem a mente um do outro!

Os arteiros riram baixo, mas os gêmeos continuaram:

— Você consegue, Ozzy!

— Concentre-se, Illy!

Os camundongos se encararam, farejaram o ar, e guincharam.

— Eles estão ficando muito bons nisso — Olly concluiu. — Pena que a gente não sabe o que dizem um para o outro!

— Ficamos sabendo que Sandra sumiu da cadeia — Theo disse a Leila. — Você tem medo de que ela volte?

Leila olhou para o sr. Vernon em busca de ajuda. Ela não estava preparada para revelar o que havia descoberto sobre Sandra. Carter olhou para Leila, seus olhos

★ 273 ★

astutos indicando que também sabia do segredo. Ela sorriu e, depois de um momento, assentiu, sensível o bastante para entender que o segredo era dela. E apenas dela. Nenhum dos outros pareceu notar. Leila simplesmente sorriu e disse:

— Não. Não tenho mais medo.

— Se houve algo de bom no confronto com os palhaços carrancudos — disse Ridley —, foi praticar nossos truques!

— O que quero saber — disse Theo — é o que havia no livro que Sandra tanto queria?

— E onde ele estava escondido? — perguntou Izzy.

O sr. Vernon sorriu.

— Em minha opinião, os melhores esconderijos são bem embaixo do nariz.

— Embaixo do nariz? — Olly repetiu. — O senhor engoliu o livro?

Izzy o cutucou e fez *psiu* para ele.

O sr. Vernon abanou a cabeça e colocou a mão embaixo do balcão. Ele tirou um de seus livros de contabilidade. Parecia o mesmo que os arteiros haviam lançado de um lado para o outro da loja durante a briga com os palhaços carrancudos. A capa marmorizada era cartolina molenga. Não parecia nada importante — definitivamente não algo em que uma organização criminosa quisesse desesperadamente botar as mãos. Ele abriu a capa e folheou. As descrições de itens e os preços e as datas de vendas — todas escritas em muitas colunas com uma precisão monótona — eram

OS ARTEIROS MÁGICOS: A SEGUNDA HISTÓRIA

as mesmas da primeira vez em que ele havia mostrado o caderno para Leila e Carter, na noite em que Abracadabra havia tentado roubá-lo.

— O que é? — perguntou Carter.

O sr. Vernon deu um passo para trás do balcão, dando espaço para os arteiros se reunirem em torno do livro-caixa.

— Olhem com atenção. Precisam mesmo que eu diga que as coisas nem sempre são o que parecem?

— Mais um código — Ridley disse.

O sr. Vernon tirou a cartola para ela.

— O que significa? — perguntou Theo.

— Sandra tinha razão — o sr. Vernon continuou. — Meu livrinho aqui esconde uma lista de nomes. Nomes que Kalagan faria praticamente de tudo para descobrir.

— Nomes de quem? — Carter perguntou. — Da sua família?

— Quase. Mais como... um *clube*.

— O senhor está em outro clube secreto? — perguntou Izzy. — Conte para nós!

O sr. Vernon riu, arrancando uma folha da parte de trás do caderno.

— É uma organização para mágicos modernos. E, assim como o clube de vocês, os membros usam a mágica apenas para fins benévolos, nunca para o ganho pessoal mal-intencionado. No entanto, descobri recentemente que é de extrema importância que esses nomes permaneçam

★ 275 ★

secretos. — Ele rasgou a página no meio, uma, duas, três vezes. Depois amassou a página no punho. — Porque existe *outro* clube, escondendo-se nas sombras de cidades pequenas por todo o país, um clube malévolo, que usa mágica para beneficiar apenas a si próprio. Esse clube mau quer colocar as mãos nesses nomes, para que possam fazer os mágicos bons mudarem de lado.

— Kalagan faz parte do clube mau? — perguntou Leila. — O verdadeiro líder?

Ele fez que sim, depois acrescentou mais sério:

— Outro dia, vou contar mais sobre isso. Mas por enquanto... — Ele piscou e pigarreou. — Por ora, sugiro que todos vocês continuem praticando. A mágica deve ser usada para fazer as pessoas sorrirem. Mas nunca se sabe quando essas habilidades mágicas podem ser necessárias para... outras coisas.

— *Para ajudar as pessoas* — disse Carter.

— Para ajudar as pessoas — o sr. Vernon repetiu, lembrando um pouco Presto.

Ele abriu a mão e tirou os pedaços amassados de papel do livro. Mas, quando os deixou novamente em cima do balcão, o papel tinha ficado inteiro novamente. Olly e Izzy quase caíram para trás de espanto.

Leila sussurrou no ouvido do pai:

— Obrigada por nos contar. É muito importante para mim.

— Não tem de quê, Leila.

★ 276 ★

OS ARTEIROS MÁGICOS: A SEGUNDA HISTÓRIA

O Outro sr. Vernon surgiu no mezanino usando seu uniforme de chef. Ele gritou:

— Estou atrasado para o trabalho. — Antes de descer as escadas rapidamente.

Leila o pegou enquanto ele se aproximava para dar um beijo de despedida nela. Ela pegou as mãos dos dois pais e os puxou em um abraço.

— Fico muito feliz que tenham escolhido ser meus pais — ela sussurrou.

Os homens se inclinaram para trás e se entreolharam, surpresos. Em seguida, os dois se ajoelharam e deram um beijo na testa de Leila.

— Ah, Leila — disse seu papa. — Não foi exatamente o que aconteceu.

Seu pai abanou a cabeça.

— Todos escolhemos uns aos outros — disse o sr. Vernon. — E não poderíamos ser mais felizes quanto a isso.

Depois de outro abraço rápido, seu papa se levantou e se despediu de todos com um aceno. Mandando um beijo para Leila, ele fechou a porta da loja de mágica atrás de si.

Os arteiros já estavam seguindo para o cômodo secreto nos fundos da loja, seguidos pelo macaco encoleirado. Theo exclamou:

— Venha, Leila! Estou trabalhando em algo e quero mostrar. Se der certo, podemos incorporar em nossa *próxima* apresentação.

— Nossa próxima apresentação? — Carter perguntou. — Mas quando será?

— Vai saber? — disse Ridley. — O importante é que precisamos estar prontos.

O grupo desapareceu pelo batente na estante.

O sr. Vernon afastou Leila.

— Vá. Também tenho que trabalhar.

Enquanto atravessava a loja, Leila fez que ia tocar na chave da corrente em volta de seu pescoço, mas então se lembrou de que ela não estava mais lá. E, nesse momento,

OS ARTEIROS MÁGICOS: A SEGUNDA HISTÓRIA

sentiu uma pontada estranha bem no meio do peito. Não era nada tão misterioso quanto as premonições mediúnicas que Sandra havia dito ter — mais uma pequena centelha de esperança de que seu tesouro mais querido voltaria para ela.

Por ora, entendia que o mais importante estava no quarto secreto nos fundos da loja mágica de seu pai.

COMO...
Tornar uma corda indestrutível

Você não achou que eu o deixaria ir embora sem um dos truques de corda favoritos de Theo, achou? Uma das coisas mais gratificantes que um mágico pode fazer é fingir que algo foi destruído – depois, com um passe de mágica e um sorriso, mostrar à plateia que tudo foi consertado.

Assim como em nossa história! Depois de tudo que deu errado para Leila nas páginas anteriores, quem imaginaria que ela teria um final feliz?

Ah, você imaginava? Bom, nesse caso, me enganei.

Neste truque, você vai surpreender seus amigos cortando um pedaço de corda no meio e depois restaurando-o ao tamanho original. Se fizer isso corretamente e com bastante delicadeza, seus amigos vão ficar embasbacados, sem saber de onde você tirou seus poderes mágicos assombrosos. Pode dizer que os aprendeu comigo. Por mim, tudo bem.

DO QUE VOCÊ PRECISA:

Um pedaço de corda branca
(pode usar barbante se necessário)
Um par de tesouras
Um voluntário

MOVIMENTO MÁGICO SECRETO:

Antes de começar o truque, enrole uma grande parte da corda e esconda-a no punho esquerdo.

PASSOS:

1. Deixe a ponta da corda se sobressair do topo da mão esquerda e a base da corda pender livremente embaixo. (Cerca de cinquenta centímetros de corda devem ficar pendurados.)

2. Com a mão direita, pegue a parte de baixo da corda e erga-a de maneira que fique nivelada com a ponta da corda em sua mão esquerda. A corda vai fazer uma curva para baixo.

3. Peça a um voluntário da plateia para cortar a corda na parte de baixo da curva.

4. Afaste as mãos e mostre à plateia que agora você está segurando dois pedaços de corda que parecem ser do mesmo tamanho.

(*Segredo mágico*: Exceto que não são do mesmo tamanho, lembra? Ainda tem um monte de corda escondida no seu punho esquerdo!)

5. Fale para a plateia que agora você vai tentar restaurar os dois pedaços de corda.

6. Aproxime as mãos uma da outra e enfie o pedaço mais curto no punho direito.

7. Fale algumas palavras mágicas para ajudar a consertar a corda! Ala-ka-blab-ra! Ou o que preferir!

8. Mantendo o pedaço mais curto de corda escondido no punho direito, use o indicador e o polegar direitos para puxar o pedaço da mão esquerda e, em seguida, estenda-o devagar, puxando a corda escondida do punho esquerdo até ela ser completamente revelada.

9. Erga a mão esquerda, mostrando para a plateia um pedaço de corda que parece ter sido restaurado ao comprimento original.

MOVIMENTO MÁGICO SECRETO:

Baixe a mão direita longe da vista, ou talvez até esconda o pedaço de corda mais curto no bolso enquanto todos estão concentrados na corda mais comprida. O despiste os engana novamente!

10. Depois de muita prática, você terá desenvolvido mais um truque para colocar em sua manga cheia.
Faça sua reverência merecidíssima!

C B A

H G F E D

M L K J I

R Q P O N

W V U T S

Z Y X

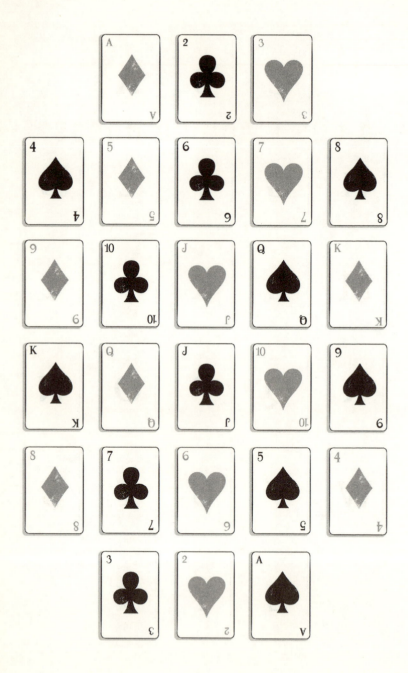

O QUE É CÓDIGO MORSE?

Veja com seus próprios olhos!

A	•—	N	—•	0	—————	
B	—•••	O	———	1	•————	
C	—•—•	P	•——•	2	••———	
Ç	—•—••	Q	——•—	3	•••——	
D	—••	R	•—•	4	••••—	
E	•	S	•••	5	•••••	
F	••—•	T	—	6	—••••	
G	——•	U	••—	7	——•••	
H	••••	V	•••—	8	———••	
I	••	W	•——	9	————•	
J	•———	X	—••—	ponto-final	•—•—•—	
K	—•—	Y	—•——	vírgula	——••——	
L	•—••	Z	——••	ponto de interrogação	••——••	
M	——					

UMA PROMESSA PARA VOLTAR

Fico muito contente por você ter continuado comigo até o fim de mais um livro, mas já deve imaginar que as aventuras dos Arteiros Mágicos estão longe do fim. Nas próximas narrativas, nossos heróis vão enfrentar novos perigos que criam confusão, caos e um bocado de bagunça! Se você se interessa por bagunça, lembre-se de voltar a Mineral Wells comigo. Pode até aprender uns truques novos ao longo do caminho! Mas, por enquanto, é hora de *praticar, praticar e praticar* os que já aprendeu.

Por falar nisso, tenho uma última lição mágica. Quando alguém lhe perguntar o que significa *fuga*, espero que tenha a sagacidade de explicar que não se trata apenas de gazuas e truques de corda e escapar de vilões traiçoeiros.

Lembre-se: uma história pode ser uma fuga de uma vida banal. Uma memória feliz pode ser uma fuga de um presente desagradável. Uma brincadeira com amigos é como uma fuga do tédio. E fazer parte de um clube é uma fuga da solidão. Os Arteiros Mágicos sabem disso em primeira mão, e agora... *você também sabe!*

Agora, vá lá e conte uma história.

Recorde.

Jogue um jogo.

Entre para um clube.

Desapareça, transforme, levite, fuja... Mostre a seus amigos o que consegue fazer! Vai saber? Pode acabar os inspirando a fazer um pouquinho de mágica.

AGRADECIMENTOS

Por favor, consulte o Livro Um. Ainda sinto o mesmo por todas aquelas pessoas prestativas, e me parece um desperdício de tinta repetir tudo aqui.

CONTINUA EM...

Confira a resolução dos enigmas da série **Arteiros Mágicos** no nosso site:
plataforma21.com.br

SUA OPINIÃO É MUITO IMPORTANTE

Mande um e-mail para **opiniao@vreditoras.com.br**
com o título deste livro no campo "Assunto".

1ª edição, jul. 2019

FONTE MrsEaves Roman 13/15pt; Burford Extrude C 48/18,5pt
PAPEL Lux Cream 60g/m2
IMPRESSÃO Lisgráfica
LOTE L46267